L'ŒUF DU DRAGON

Marqué par le Dragon Livre 2

ÉGALEMENT PAR RICHARD FIERCE

CHEVAUCHEURS DE DRAGONS D'OSNEN

Le Prix de L'Honneur

Épreuves par Sorcellerie

Une union par les Flammes

L'appel du guerrier

La Pièce des Âmes

Ailes de Terreur

Yeux de Pierre

Crocs et Griffes

La Servante des Âmes

Fumée et Ombre

Le Cavalier Sombre

Le Chant des Ossements

Épée et Couronne

Marées des Ténèbres

Colère et Ruine

Tombeau des Serments

L'ŒUF DU DRAGON

Marqué par le Dragon Livre 2

RICHARD FIERCE

Droit d'auteur

Dragonfire Press

1

Le dragon évitait Mina depuis des jours.

Au début, elle avait pensé que la bête avait été capable de détecter son odeur, mais après avoir fait de nombreuses choses pour masquer son parfum, elle avait décidé qu'il devait y avoir une autre façon dont il sentait son approche. Peut-être voyait-il mieux dans l'obscurité qu'elle ne le pensait. Après tout, elle avait cherché la nuit.

Aujourd'hui serait différent. Elle le sentait dans ses os.

Mina s'était faufilée hors du château après le petit-déjeuner, emportant l'épée de Vhan avec elle. Cette maudite chose était presque trop lourde pour qu'elle la porte, mais cela la faisait se sentir en sécurité. Elle posa la lame sur son épaule gauche, utilisant son propre corps comme levier. Lord Klodian avait été étrangement absent, et elle soupçonnait que cela avait quelque chose à voir avec les rumeurs de guerre qui circulaient dans le château.

Les serviteurs avaient tendance à exagérer ce qu'ils entendaient, mais avec Klodian apparemment préoccupé, cela donnait un certain crédit à leurs paroles. Guerre ou pas, cela n'avait rien à voir avec Mina. Le fait que Klodian ait cessé ses chasses signifiait qu'elle avait plus de temps pour trouver des réponses aux nombreuses questions qui flottaient dans son esprit.

Elle marcha jusqu'à l'écurie et posa l'épée, plaçant la pointe dans la terre, et attendit qu'Aram, l'un des palefreniers, selle un cheval pour elle. Elle aurait pris un cheval les nuits précédentes, mais elle ne voulait pas attirer l'attention. Il y avait déjà assez de focus sur elle avec le changement considérable de statut que Klodian lui avait accordé. Il l'avait nommée conseillère, rien que ça. Mina secoua la tête en y réfléchissant.

— Où allez-vous, ma Dame ? demanda Aram.

— Juste pour une promenade, répondit Mina. Je serai de retour dans quelques heures.

— Tempête ici devrait faire l'affaire. Elle peut être un peu têtue, mais elle est douce.

— Elle fera très bien l'affaire. Merci.

Aram fit sortir une jument brune et lui tendit les rênes. Le cheval caressa Mina du museau, et elle passa sa main sur le front du cheval avant d'offrir un rapide grattage derrière les oreilles. La jument hennit et gratta le sol.

— Il semble qu'elle vous aime bien, dit Aram. Il lui tendit un petit sac. Il y a quelques pommes et de l'avoine là-dedans. Si vous devez être dehors après midi, vous devrez lui donner quelque chose à manger. Elle aime grignoter tout au long de la journée.

— Je veillerai à bien prendre soin d'elle. Allez, Tempête.

Mina traîna l'épée derrière elle d'une main et tint fermement les rênes de l'autre. Elle conduisit Tempête jusqu'à la porte du château, puis attacha l'épée à la selle et fit de son mieux pour monter sur le cheval sans avoir l'air trop inepte. Elle n'avait pas monté à cheval seule depuis qu'elle vivait à la ferme de ses parents, mais elle se souvenait assez bien des bases. Une fois fermement assise, elle observa et attendit.

Les Hommes-runes faisaient leur course matinale autour du château, et elle ne voulait pas renverser quelqu'un par accident. Une fois que les retardataires furent passés, Mina serra les genoux contre les flancs de Tempête et secoua les rênes. Tempête commença un trot rapide, et après quelques moments de panique, Mina fut capable de guider la jument dans la direction qu'elle voulait.

La sensation de l'écaille dans sa jambe indiquait que le dragon était au nord-est du château, dans la même zone générale qu'elle avait cherchée. Elle chevaucha pendant une demi-heure, ajustant légèrement la course de Tempête au fur et à mesure. De hautes mesas étaient éparpillées dans le paysage, mais elle dirigea le cheval vers l'une d'elles en particulier. Elle était haute et large, mais elle ne repéra pas immédiatement d'entrée de grotte.

— Nous allons faire le tour de la base et voir si nous pouvons en trouver une, marmonna Mina autant pour elle-même que pour Tempête.

Il lui fallut la majeure partie d'une heure, mais une fois qu'elle eut fait le tour de toute la mesa, Mina fronça les sourcils. Le dragon était ici, elle en était certaine, mais il n'y avait pas de grotte. Elle descendit de cheval et pêcha une pomme dans la sacoche qu'Aram lui avait donnée, puis la donna à Tempête. Le cheval prit le tout en une seule bouchée, croquant bruyamment.

Mina leva les yeux vers la mesa. S'il n'y avait pas de grotte, alors le dragon devait être au sommet. L'idée d'escalader la paroi abrupte pour y arriver n'était pas très attrayante, mais quelle autre option avait-elle ?

— Puis-je te faire confiance pour ne pas me laisser ici ? demanda-t-elle à Tempête.

Le cheval hennit comme pour répondre, et Mina lui tapota l'épaule. Elle n'avait aucune idée de ce qui l'attendait une fois qu'elle aurait enfin trouvé le dragon. La bête pouvait facilement la manger, pour autant qu'elle sache. Elle supposait qu'elle devait être un peu folle de chercher un dragon toute seule, mais si elle avait amené Klodian dans sa quête, il aurait voulu tuer le dragon et revendiquer son trésor.

À tout autre moment, Mina n'aurait eu aucun scrupule à ce sujet. Mais pour l'instant, elle voulait des réponses, ce qui signifiait qu'elle devrait parler avec le dragon, pas le tuer. Parler avec un dragon. L'idée semblait absurde, mais après sa rencontre avec l'énorme bête cuivrée, elle savait qu'il y avait beaucoup plus de choses sur les dragons qu'elle ne connaissait pas ou ne comprenait pas.

Mina récupéra l'épée de la selle de Tempête et la porta jusqu'au mur de la mesa. Il devint rapidement évident qu'elle ne pourrait pas la porter pendant qu'elle grimpait. La surface de la mesa avait suffisamment de rainures pour qu'elle trouve des prises pour les pieds et les mains, mais le poids supplémentaire et la maladresse de l'épée ne feraient que la gêner.

Elle poussa un soupir et posa l'épée, l'appuyant contre le mur de pierre. Prenant une poignée de terre du sol, elle la frotta entre ses mains puis commença à grimper le mur. Avoir de petits doigts finit par être un avantage, et elle progressa rapidement jusqu'à ce qu'elle atteigne ce qu'elle pensait être la moitié du chemin.

Ses muscles brûlaient d'effort, et ses jambes commencèrent à trembler. Elle serra les dents contre la douleur, s'arrêtant juste assez longtemps pour essuyer soigneusement la sueur de chacune de ses mains sur son pantalon. Le soleil était haut dans le ciel, et sans un nuage à l'horizon, la chaleur la faisait transpirer à des endroits auxquels elle préférait ne pas penser.

— Presque arrivée, chuchota-t-elle, bien qu'elle sût que c'était un mensonge.

Néanmoins, si elle pouvait se le faire croire, peut-être qu'elle ne tomberait pas à sa mort. Elle respira profondément, essayant de se calmer, puis continua à grimper. Son rythme était beaucoup plus lent maintenant, et plus elle grimpait, plus elle ressentait de douleur dans ses mains. Quelque chose de collant était sur le bout de ses doigts, mais elle ne regarda pas pour confirmer si c'était du sang.

Enfin, elle atteignit le sommet de la mesa. Mina se hissa sur le bord, luttant un instant. Elle faillit basculer en arrière, mais elle s'agrippa frénétiquement aux rochers et parvint à se rattraper. Son cœur battait la chamade dans sa poitrine et elle s'allongea sur le dos, les yeux fermés, un mince bouclier contre le soleil. Après un long moment de repos, elle roula sur le côté et regarda le sol en contrebas. Tempest n'était plus qu'un minuscule point brun.

Mina se força à se lever et se retourna pour observer les alentours. Le sommet de la mesa était large et plat. Des touffes de buissons désertiques, tous d'un vert terne, parsemaient la surface. L'écaille dans sa jambe vibrait puissamment, mais elle ne voyait le dragon nulle part. Avaient-ils la capacité de se camoufler ? Ou peut-être pouvaient-ils se rendre complètement invisibles ?

Alors qu'elle réfléchissait à ces questions, un mouvement attira son attention. Mina plissa les yeux, mais il était difficile de discerner ce qui avait bougé. Elle s'avança prudemment, essuyant les gouttelettes de sueur sur son front. Atteignant une longue ligne de buissons, elle réalisa qu'une grande dépression se cachait derrière. Mina s'enfonça dans les buissons épineux, les épines s'accrochant à ses vêtements.

Le creux descendait en pente douce, et là, au fond, se trouvait le dragon. Il était allongé, se prélassant au soleil, les ailes déployées. Elle déglutit difficilement, luttant contre la peur qui menaçait de la submerger. Elle l'avait enfin trouvé. Et maintenant qu'il était à portée de vue, son plan soigneusement élaboré volait en éclats.

Que faisait-elle ici ? Elle avait commis une terrible erreur. *Bénie Avera*, pensa Mina. *Cette bête va sûrement me tuer.* Elle était figée sur place, la peur du dragon prenant lentement le contrôle de ses sens. Son esprit hurlait à son corps de se retourner et de fuir, mais ses muscles refusaient — ou ne pouvaient pas — obéir. Ses lèvres refusaient de s'ouvrir pour laisser entrer l'air, et ses poumons criaient grâce. Elle lutta désespérément contre la peur et gagna, inspirant profondément.

Les yeux du dragon s'ouvrirent brusquement.

2

Velbridge était le cœur du Dominion Dracan. C'était également le siège du pouvoir du dirigeant favori du Haut Prince, le Seigneur Kristofel D'Lance.

Tandis que Caden naviguait dans les rues animées de la vaste cité, il s'émerveillait du nombre de personnes que l'endroit pouvait accueillir. Elles affluaient dans chaque rue pavée, un spectacle qui lui rappelait à quel point le Thophate dans son ensemble était petit en comparaison. Les étals des vendeurs étaient partout, même au milieu des intersections, et l'odeur de mets exotiques emplissait l'air, tentant Caden de vérifier s'ils étaient aussi bons qu'ils sentaient.

Derrière la ville se dressait un château deux fois plus grand que celui du Seigneur Klodian, et ses murs gris sombre contrastaient fortement avec toutes les couleurs que la ville présentait. C'était sa nouvelle maison. Il avait du mal à croire que son envoi ici était une punition, mais son enthousiasme était tempéré par le souvenir de la trahison de Thaïs. Si elle avait gardé le silence, il serait encore dans le Thophate avec Mina.

Il ne pouvait rien y faire maintenant, cependant, et il essayait de ne pas y penser. Il tenait la lettre de son transfert dans sa main droite. Il l'avait trouvée dans le sac de provisions que le Capitaine Eduard lui avait donné. La signature élégante du Seigneur Klodian était en bas, accompagnée de son sceau officiel. À mi-chemin du voyage, Caden avait brièvement envisagé d'abandonner ses rêves et de faire demi-tour, mais ce n'avait été qu'une idée née de la chaleur du désert. Une fois qu'il eut atteint des terres plus clémentes, ses pensées redevinrent normales.

— Hé, toi, l'interpella un vendeur. Tu as l'air d'avoir besoin d'un verre. J'ai la meilleure bière de tout Dracan. Seulement cent pièces d'argent pour un tonneau entier.

Caden sourit malgré le prix exorbitant et continua à marcher. Il se dirigeait vers le château, mais naviguer dans les rues bondées s'avérait plus pénible qu'il ne l'avait d'abord pensé. Il se fraya un chemin à travers la foule, recevant quelques coups de coude dans les côtes qu'il doutait être accidentels. Finalement, il trouva une rue latérale qui longeait la rue principale, et il s'y engagea et put accélérer le pas. Le château semblait grandir et s'étirer à mesure qu'il s'en approchait, jusqu'à ce qu'il se retrouve aux portes.

Il leva la tête en arrière, essayant d'embrasser la vue. Un groupe de soldats en faction le vit bayer aux corneilles et se mit à rire. Caden s'éclaircit la gorge et marcha avec assurance vers eux.

— Bonjour, dit-il. Je viens d'être transféré du Dominion du Thophate. L'un d'entre vous peut-il me conduire au capitaine ?

— Encore un transfert, hein ? On dirait que tout le monde vient ici ces derniers temps. Restez là, les gars. Je vais l'emmener.

L'homme qui avait parlé était plus âgé que les autres, avec des cheveux noirs ternes qui commençaient à virer à l'argent. Il arborait une épaisse moustache en guidon de vélo et son visage était creusé de quelques rides. Les autres gardes haussèrent les épaules et reprirent leur conversation, et l'homme plus âgé conduisit Caden à travers les portes et dans la cour. Il marchait avec un léger boitillement, mais son allure était rapide et Caden avait du mal à suivre son rythme.

— Comment t'appelles-tu ?

— Caden. Caden Davtyan.

— Enchanté. Je suis Angus. Tu viens du Thophate, tu as dit ?

— Oui, monsieur, répondit Caden. Je viens d'arriver aujourd'hui.

— Je n'y suis jamais allé moi-même, mais j'ai entendu des choses terribles de la part de certains marchands. Je suppose que le sable et la chaleur finissent par lasser. C'est ce qui t'amène à Velbridge ?

Caden rit doucement. — Quelque chose comme ça.

Il avait lu et relu la lettre de transfert de nombreuses fois pendant son voyage, la mémorisant presque. Il n'y avait aucune mention de son crime présumé ou de la raison de son transfert.

— Tu veux devenir Runiste ?

— J'en suis un, en fait.

— Oh ? Le Seigneur D'Lance en a beaucoup, mais il en cherche toujours plus. Être le favori du Haut Prince a un coût élevé, surtout quand on joue le rôle de pacificateur. Il faut constamment rappeler à tous ces seigneurs qui pensent que la noblesse est un concours de pisseurs leur place.

— On dirait que je vais voir beaucoup de batailles, dit Caden.

— Oh, je parie que tu en verras bien plus que tu ne le voudrais. Le bruit court qu'un petit arriviste parle de déclencher une guerre. Angus secoua la tête. Le Seigneur D'Lance l'étouffera dans l'œuf, mais quand le Haut Prince l'apprendra, ça va barder.

Malgré la gravité des propos d'Angus, Caden était excité. Son plan initial avait été d'être transféré dans un Dominion où il verrait plus de batailles, alors sa chance ne pouvait pas être meilleure. Maintenant, il n'avait plus qu'à se faire un nom sur le champ de bataille, et les richesses suivraient.

— Combien de temps d'entraînement as-tu eu ?

— Une semaine environ, répondit timidement Caden. J'avais prévu d'être complètement formé avant d'être transféré, mais ça ne s'est pas passé comme ça.

Tout en parlant, Angus le conduisit à travers la cour et contourna le côté est du château. À environ trente mètres se trouvait un grand bâtiment rectangulaire. Il était construit avec la même pierre grise que le château, mais la décoration était moins élaborée. Ils entrèrent, et Caden réalisa qu'il s'agissait de la caserne. Comme tout ce qu'il avait vu jusqu'à présent, elle éclipsait celle du Seigneur Klodian. Il y avait deux niveaux, et il y avait assez de place pour loger quelques milliers de soldats.

— C'est ici que je vais loger ? demanda Caden.

— Oui. C'est la caserne des Runistes. La caserne pour les soldats sans runes est de l'autre côté du château.

— Combien de Runistes le Seigneur D'Lance a-t-il ?

— Je crois qu'au dernier décompte, il y en avait plus de cinq mille.

Les yeux de Caden s'écarquillèrent de surprise. — Quand vous disiez qu'il avait beaucoup de Runistes, vous n'exagériez pas.

— S'il y a une chose que tu apprendras sur le Dominion Dracan, c'est que le Seigneur D'Lance a le meilleur de tout.

Cinq mille Runistes. Caden n'arrivait pas à imaginer à quel point le Seigneur D'Lance pouvait être puissant avec autant d'hommes à sa disposition. Était-il même possible pour quelqu'un d'utiliser les attributs d'autant de personnes ? Peut-être que son excitation avait été prématurée. Comment se ferait-il un nom en tant que soldat avec autant de concurrence ?

— Je suppose que ton précédent seigneur a coupé la rune qu'il t'a donnée ?

La main de Caden se porta instinctivement à l'arrière de son cou, frottant le tatouage.

— Non, répondit-il. Aurait-il dû ?

Angus fit une pause et se tourna pour le regarder. — Laisse-moi voir ça.

Caden s'exécuta, se retournant. Angus tira sur le col de sa chemise et marmonna quelque chose qu'il ne saisit pas, puis dit : — Une rune de force. On n'en voit pas beaucoup dans nos rangs ces derniers temps.

— Pourquoi pas ?

— Comme je l'ai dit, Lord D'Lance paie cher pour être le favori. Les runistes sont très sollicités ici. Sans repos adéquat et temps pour guérir, l'épuisement devient un problème. Certains arrivent à tenir le coup, mais la plupart n'y parviennent pas.

— Ils sont renvoyés ? demanda Caden.

— Non. Ils meurent.

Caden était content qu'Angus ne puisse pas voir son visage à ce moment-là. Angus redressa son col et continua plus loin dans les baraquements. Caden se dépêcha de le rattraper, et ils montèrent un escalier qui menait au deuxième niveau. La configuration était similaire au premier niveau, mais il y avait une zone cloisonnée avec une porte au bout. Angus le conduisit à la porte, l'ouvrit, puis lui fit signe d'entrer avant de la refermer.

— Assieds-toi.

Caden s'exécuta, s'installant sur l'une des chaises devant un grand bureau. Angus fit le tour pour s'asseoir de l'autre côté, joignant ses doigts et se penchant en avant.

— J'espère que tu me pardonneras ma ruse, mais nous avons beaucoup de soldats qui sont transférés ici, et la plupart n'ont pas ce qu'il faut pour servir Lord D'Lance.

— C'est *vous* le capitaine, dit Caden avec un rire nerveux.

— Commandant, en fait. Commandant Angus Morin. As-tu ta lettre de transfert ?

— Oui, monsieur. Caden posa le parchemin sur le bureau et le fit glisser vers lui.

Angus le prit et le lut, puis le posa sur une pile de papiers.

— Je suis doué pour lire les gens, Caden. Dans ma position, je dois l'être. Je peux dire que tu es ambitieux, sinon tu n'aurais pas demandé à venir ici de tous les endroits possibles.

Caden sourit, mais il savait qu'il n'avait rien eu à voir avec l'endroit où il avait été envoyé. Il ne pensait pas que cela ferait du mal d'omettre cette information.

— Je t'aime bien, poursuivit Angus. Normalement, je t'enverrais avec la prochaine patrouille pour te faire les pieds avec quelque chose comme régler un conflit frontalier, mais j'ai quelque chose de différent en tête. Je trouve curieux que ta rune n'ait pas été coupée. Ça rompt le lien magique entre toi et ton seigneur, permettant l'ajout d'une nouvelle rune.

Caden supposait qu'il savait où la conversation allait. Angus pensait probablement qu'il était un espion. Pourquoi d'autre sa rune serait-elle intacte ? Lord Klodian avait-il cru aux soupçons d'Eduard et l'avait-il envoyé au Dominion Dracan, pensant que c'était sa véritable patrie ? Caden déglutit difficilement et essaya de ne pas laisser transparaître ses émotions.

— Il se passait beaucoup de choses, donc il est possible que Lord Klodian ait oublié.

— C'est possible, dit Angus. J'ai l'impression que tu penses que c'est une mauvaise chose. Laisse-moi te rassurer tout de suite. Ce n'est pas grave.

— J'étais un peu inquiet, admit Caden.

— Ne le sois pas. Les choses ne pourraient pas être meilleures pour toi.

Caden se détendit, le poids invisible sur ses épaules se dissipant.

— En fait, je pense que Lord D'Lance va s'intéresser personnellement à toi.

3

Toi.

La voix du dragon résonna dans l'esprit de Mina. Elle resta immobile, figée sur place. Pour une raison inexplicable, elle avait imaginé que toute cette situation se déroulerait différemment. Le dragon déplaça sa masse et se glissa pour lui faire entièrement face, son souffle brûlant la balayant comme la chaleur d'un feu.

Pourquoi me traques-tu ? Cherches-tu la mort sous les griffes d'un dragon ?

Bien que la terreur la maintienne physiquement clouée sur place, Mina parvint à surmonter mentalement sa peur. Elle pouvait ressentir une pléthore d'émotions émanant du dragon, toutes tourbillonnant ensemble. Celle qui ressortait le plus était la curiosité. Elle sentait le sucré, rappelant à

20

Mina les fraises, avec des notes subtiles de miel et de menthe.

Tu peux *parler,* dit Mina, poussant les mots à travers l'écaille.

Tous les dragons peuvent parler.

Vraiment ? J'ai toujours entendu dire que les dragons étaient... Elle s'arrêta, sachant que si elle terminait sa phrase, le dragon la briserait probablement en deux.

Que nous sommes stupides ? Je peux t'assurer que nous, les dragons, sommes loin de manquer d'intelligence. Dis-moi, jeune fille. Pourquoi es-tu venue ?

Brusquement, le sentiment de terreur qu'elle ressentait se dissipa. Ses muscles se relâchèrent et elle cligna des yeux. Ses lèvres étaient gercées à cause de la chaleur et du sable, et elle passa sa langue dessus, mais cela n'aida guère.

— Pourquoi puis-je t'entendre ?

Le dragon pencha la tête sur le côté, et ses pupilles devinrent de fines fentes.

Je pense que l'écaille dans ta jambe y est pour quelque chose.

— Oui, bien sûr, mais *pourquoi* ?

Le dragon renifla. *Comment le saurais-je ?*

— L'écaille vient d'un dragon, et tu es un dragon. Je pensais que tu saurais.

Je ne sais pas.

Les deux se regardèrent en silence, et Mina réfléchit à quel point tout cela était fou. Elle parlait à un dragon — un dragon ! — et cela semblait normal, comme si elle conversait avec une autre personne.

J'espère que tu n'es pas venue jusqu'ici pour me poser une seule question. J'ai mangé des gens pour bien moins que ça.

— J'ai beaucoup de questions. Pourquoi aviez-vous peur avant ? Dans la mesa, quand tu as essayé de tuer mon maî... mon seigneur ?

Les dragons ne craignent rien, répondit-il avec ardeur. *Tu confonds la miséricorde avec la peur.*

— La miséricorde ? Toi et les deux autres dragons avez fui comme si vous aviez vu un esprit.

J'ai déjà parlé. Que veux-tu savoir d'autre ?

— Peux-tu enlever l'écaille ? demanda Mina.

Le dragon s'approcha, abaissant sa tête jusqu'à ce que ses yeux soient au niveau des siens.

Laisse-moi voir l'écaille.

Mina ouvrit la bouche pour protester, mais le dragon la fixa du regard. Elle baissa la main et déboutonna son pantalon, puis le fit glisser pour révéler l'écaille. Le dragon la fixa intensément, puis reporta son regard sur son visage.

Elle ne peut pas être retirée.

— Pourquoi pas ?

Elle a fusionné avec ta chair et est devenue une partie de toi. La retirer te tuerait.

— Et la malédiction ? Peut-elle être levée ?

De quelle malédiction parles-tu ?

— Cette fichue chose me permet de sentir la présence des dragons. Et maintenant je peux t'entendre parler à travers elle. Comment puis-je me débarrasser de la malédiction si je ne peux pas me débarrasser de l'écaille ?

Le dragon recula et s'assit sur ses hanches, sa queue fouettant l'air derrière lui. Mina remonta son pantalon.

Tu es la raison pour laquelle mes frères se font tuer. Un grondement résonna dans la poitrine du dragon. *J'avais supposé que l'homme qui nous tuait utilisait la magie pour nous trouver, tout comme il l'utilise pour devenir plus fort et plus rapide. Au lieu de cela, c'est* toi.

Mina ne se sentait pas coupable. Elle aidait Klodian parce qu'elle croyait qu'en fin de compte, cela l'aiderait à être libre. Son visage resta impassible tandis qu'elle fixait le dragon. Il la dominait de toute sa hauteur, mais étrangement, elle n'avait pas peur.

Je peux sentir ta haine. Pourquoi nous détestes-tu autant ?

— À ton avis ? Mina tapota sa jambe. Cette chose a ruiné ma vie. J'ai été esclave la majeure partie de ma vie à cause d'elle. Elle pouvait sentir la colère monter en elle.

En quoi est-ce notre faute ? L'un des nôtres a-t-il forcé l'écaille dans ta chair ?

— Non. Je suis tombée dans un nid et j'ai atterri dessus.

Et tu nous blâmes pour ça ?

Le dragon essayait de s'immiscer dans sa tête. Elle refusait de se remettre en question sur ce point. Les dragons *étaient* à blâmer. Ils avaient causé tous ses problèmes, que celui-ci veuille l'accepter ou non.

— La faute incombe à l'un d'entre vous, et je ne me reposerai pas tant que vous ne serez pas tous morts.

Le dragon bougea avec une rapidité fulgurante. Son immense griffe l'arracha de là où elle se tenait et la plaqua au sol, l'immobilisant. Le cœur de Mina battait follement dans sa poitrine, et la peur qu'elle avait ressentie auparavant revint en force.

Tu n'es rien pour moi, jeune fille. Tu ne représentes aucune menace. Tes paroles sont comme le hurlement du vent contre la montagne et rien de plus. Je pourrais t'écraser sans effort.

— Alors fais-le.

Mina n'arrivait pas à croire que ces mots étaient sortis de sa bouche. Elle se crispa, s'attendant à ce que le dragon l'écrase. Le dragon se contenta de la fixer en silence. L'odeur d'une émotion inconnue émanait du dragon, mais elle ne savait pas ce que c'était. Ça sentait un mélange de citron et de clou de girofle.

Tu n'as pas peur de mourir ?

— Non.

Alors tu n'es pas comme les autres de ta race. Le dragon se pencha et la renifla. *Quel est ton nom ?*

— Mina.

Mina, répéta le dragon, et son nom résonna encore et encore dans son esprit.

— Quel est ton nom ?

Tu connaîtras mon nom une fois que tu auras gagné ma confiance, jeune fille. Pour l'instant, tu peux m'appeler Cuivre.

Cuivre. Elle ne trouvait pas le surnom très original, compte tenu de sa couleur, mais c'était mieux que rien. Elle se tortilla sous la force de sa griffe, mais il ne la lâcha pas.

En échange de ta vie, j'exige que tu cesses de conduire ton seigneur à mes frères.

— Tu n'as pas épargné ma vie, dit Mina. Et je t'ai dit que je n'avais pas peur de mourir.

L'odeur de ta peur dit le contraire. Et j'aurais pu te calciner, toi et ton cheval, bien avant que tu n'atteignes le sommet de cette mesa.

— Tu savais que je venais ici ?

Oui.

— Pourquoi ne m'as-tu pas évitée comme tu l'as fait jusqu'à présent ?

Ta détermination m'a rendu curieux.

— Tu pouvais me sentir ? Ou comment as-tu su que j'approchais ?

Le pouvoir de ton écaille fonctionne dans les deux sens pour un dragon assez sage pour savoir comment le percevoir.

Mina s'en était doutée, mais l'idée qu'un dragon puisse la sentir comme elle était capable de les sentir l'avait mise mal à l'aise, alors elle avait choisi d'ignorer cette possibilité. Maintenant qu'elle connaissait la vérité, cela ne faisait qu'ajouter à sa liste de questions.

Maintenant, donne-moi ton serment.

— Laisse-moi me relever d'abord.

Copper leva sa griffe et Mina roula sur le côté avant de se remettre debout. Elle leva les yeux vers le dragon, pesant ses options. Lord Klodian avait été trop occupé pour partir à la chasse, et s'il y avait vraiment une guerre qui se préparait, elle doutait qu'il ait le temps libre pour en faire une de sitôt. Et s'il n'y avait pas de guerre, elle pourrait simplement le mener en bateau jusqu'à ce qu'il abandonne.

— Je ne le conduirai plus à aucun dragon, dit Mina. Pour l'instant.

Pour l'instant ?

— J'ai d'autres questions. Tant que tu y répondras, je tiendrai ma part du marché.

Qu'est-ce qui te fait croire que tu as le moindre pouvoir sur cet accord ?

Mina sourit. — Parce que Lord Klodian possède l'un de vos œufs.

4

Caden se tenait dans l'ombre d'une ruelle derrière une taverne animée appelée *Le Serpent Crasseux*.

Le bruit des voix fortes et des rires s'échappait de l'établissement, signe que les clients s'amusaient bien, y compris sa cible. Angus lui avait confié la tâche d'éliminer une menace pour Lord D'Lance.

— Je suis un soldat, pas un assassin, avait argumenté Caden.

— Je sais que je te demande beaucoup, mais cet homme est dangereux. Il ne connaît pas ton visage, donc tu pourras t'approcher de lui avant qu'il ne comprenne ce qui se passe. Si tu réussis, je le prendrai comme preuve de ton habileté. Ça doit être rapide, mais pas en public.

— Pourquoi Lord D'Lance ne s'en occupe-t-il pas directement ?

— La politique, mon garçon. Elle est aussi nuancée que le tissage d'une tapisserie. Lord D'Lance est une figure publique. Il ne peut pas se permettre de tuer ses ennemis sans conséquences. Ce genre de choses doit être fait avec délicatesse.

Caden comprenait ces choses, ce qui était la seule raison pour laquelle il avait accepté le travail. Il aurait préféré gérer un conflit frontalier ou une autre tâche, mais il semblait qu'Angus lui faisait confiance. Puisqu'il éliminait un ennemi dangereux, il protégeait essentiellement la vie de Lord D'Lance. Il se ferait un nom, c'était certain.

Un léger sifflement résonna dans la ruelle. C'était le signal de Caden. Il dégaina le poignard qu'Angus lui avait donné et s'accroupit près de la porte qui menait à la cuisine. Des voix étouffées parlaient de l'autre côté. Caden serra fermement la poignée, se préparant. Il ne se sentait pas à l'aise à l'idée de tuer un homme désarmé, mais il refoula ces sentiments au plus profond de lui. La porte s'ouvrit et une silhouette sortit dans la ruelle.

— Joeffrey ?

— Par ici, monsieur, chuchota Caden.

— Que diable fais-tu dans l'obscurité ?

— C'est urgent, monsieur. J'ai besoin de vous montrer quelque chose.

La silhouette jeta un coup d'œil dans la ruelle, puis marcha vers Caden. Dès qu'il fut à portée, Caden bondit en avant et enfonça le poignard dans l'estomac de l'homme. Il y eut un grognement de douleur, mais Caden ne sentit pas de sang. L'homme chancela en arrière, jurant, et fit un pas dans la lumière de la lune. Il portait une cotte de mailles sous sa chemise.

Caden plaqua l'homme, et ils s'écrasèrent tous deux au sol. Sa cible était plus forte qu'elle n'en avait l'air, et elle réussit presque à lui arracher le poignard des mains. Caden se retrouva au-dessus de l'homme et se pencha en avant, mettant tout son poids dans le mouvement. La lame du poignard trancha la main de l'homme et s'enfonça dans son cou. Il y eut un cri étouffé, puis le silence.

La mort n'était pas étrangère à Caden, mais il n'avait jamais assassiné quelqu'un auparavant. Cela lui laissa un goût amer dans la bouche et le fit se sentir sale d'une certaine manière. Il se leva et attendit, observant le sang se répandre autour de l'homme pour s'assurer qu'il était mort. Satisfait, il se hâta vers l'autre bout de la ruelle et déboucha sur la rue principale.

Les routes n'étaient pas aussi bondées qu'elles l'avaient été pendant la journée, mais il y avait encore des gens qui déambulaient. La plupart d'entre eux se dirigeaient probablement vers les nombreuses tavernes de Velbridge ou en revenaient, et Caden fit de son mieux pour garder son visage caché lorsqu'il les croisait. Personne ne savait ce qu'il avait fait, mais la culpabilité qu'il ressentait avait une drôle de façon de lui faire croire qu'ils le savaient. Lorsqu'il revint au château, il se sentait horrible.

Angus le rencontra aux portes, et ils marchèrent silencieusement jusqu'aux casernes. Ils montèrent au deuxième étage et entrèrent dans le bureau d'Angus, et Caden s'effondra sur une chaise. Non seulement il se sentait mal à cause de ses actes, mais il était fatigué. Il était à Velbridge depuis moins d'une journée et il avait déjà du sang sur les mains. Au figuré, sinon au sens propre. Il baissa les yeux pour voir s'il y avait du sang visible et remarqua que ses mains tremblaient.

— J'imagine que c'est fait, alors ? demanda Angus.

Caden hocha la tête.

— Bien. Tu as rendu un grand service au Dominion. Lord D'Lance sera heureux d'apprendre qu'il y a un ennemi de moins parmi nous.

— Monsieur, je... je ne me sens pas bien à ce sujet. Ce n'était pas une bataille. C'était un meurtre.

Angus s'assit sur le bord de son bureau et regarda Caden droit dans les yeux. Il resta silencieux un moment.

— En tant que soldat, tu dois mettre tes sentiments de côté. On t'a confié une tâche, et tu l'as accomplie. Cela dit, je serais inquiet si tu ne ressentais pas de remords. Tu as pris une vie, ce qui n'est pas rien. Pourtant, tu as sauvé Lord D'Lance d'un possible assassinat. L'homme que tu as tué était ici depuis des semaines, attendant l'occasion de nous prendre au dépourvu. C'était un agent du seigneur dont je t'ai parlé, celui qui veut déclencher une guerre. Je n'exagérais pas quand je disais que tu avais rendu un grand service.

Les paroles d'Angus apaisèrent un peu la culpabilité de Caden, mais elles ne le firent pas se sentir moins sale.

— Prends un des lits libres et repose-toi. Réfléchis à tes sentiments si tu le dois, mais sois prêt demain matin.

— Prêt pour quoi ? demanda Caden.

— Pour rencontrer Lord D'Lance. Il sera content d'avoir un Runesman de force, mais quand je lui dirai ce que tu as fait pour le Dominion, je m'attends à ce qu'il y ait de grandes choses en réserve pour toi.

— Merci, monsieur.

Caden se leva de la chaise et quitta le bureau. Il avait laissé son sac avec ses affaires dans un coffre vide au pied d'un des lits, et il souleva le couvercle pour voir que ses affaires étaient toujours là. Entre son voyage et sa tâche macabre, il se sentait souillé. Il prit des vêtements propres dans son sac et se changea, jetant ceux qu'Eduard lui avait donnés au fond du coffre. Il ne prévoyait pas de les porter à nouveau.

La plupart des lits du deuxième étage étaient vides, mais ici et là, Caden apercevait des soldats endormis. Il grimpa sur le lit de camp et fixa le plafond. Il avait assassiné un homme. C'était déjà assez troublant, mais le plus inquiétant était que cela n'avait pas été difficile pour lui. Il voulait blâmer sa volonté de faire ses preuves, mais il n'était pas sûr que ce soit la source.

Il était encore en colère à propos de Thais, et ça lui avait fait du bien de décharger cette colère sur quelqu'un. Est-ce que cela faisait de lui une mauvaise personne ? Il espérait que non. Il implora silencieusement n'importe quel dieu qui l'écoutait de lui pardonner, puis ses pensées se tournèrent vers Mina. Il n'avait pas pu lui parler après l'avoir embrassée, et il craignait toujours de l'avoir contrariée.

Peut-être qu'au fond, il était vraiment un monstre.

5

Lord Klodian avait trouvé l'œuf quelques années auparavant.

Il se trouvait dans l'un des nids que Mina lui avait indiqués, et il l'avait rapporté au château. Elle n'avait jamais su pourquoi il avait décidé de le prendre, mais il n'avait jamais éclos. Finalement, tout le monde au château s'en était désintéressé.

Malgré cela, Lord Klodian avait continué à le garder en sécurité sous le château. Mina ne savait pas exactement où il se trouvait, mais elle en avait une idée générale. Le seul problème qu'elle pouvait prévoir était de savoir s'il gardait toujours la pièce surveillée.

Puisque Copper avait accepté à contrecœur de l'aider à trouver un moyen de retirer l'écaille de sa jambe en échange de l'œuf, elle devait trouver un moyen de s'en emparer. Il était peu probable que Klodian se rende compte de sa disparition avant longtemps, et si Mina était libérée de la malédiction, elle serait déjà loin.

— Ma Dame, la salua un serviteur en la croisant dans le couloir.

Elle sourit et continua vers sa chambre, l'épée de Vhan appuyée contre son épaule. Mina supposait qu'elle avait l'air idiote avec cette arme. Elle était beaucoup trop lourde pour elle, et elle doutait de pouvoir la manier correctement même si elle le voulait. Pourtant, elle se sentait puissante en la portant, et d'une certaine façon, elle la considérait comme un souvenir de Vhan. Elle n'arrivait toujours pas à croire que l'écuyer était mort.

Lord Klodian était retourné sur le mesa le lendemain avec une importante force de Runesmen et avait récupéré le corps du garçon, et Mina s'était tenue avec la foule devant son bûcher pendant qu'il brûlait. Vhan avait été honoré, mais il lui semblait que tout le monde l'avait rapidement oublié.

Elle était si plongée dans ses pensées qu'elle dépassa sa chambre sans s'en rendre compte. Elle s'arrêta au bord d'une porte ouverte et s'apprêtait à faire demi-tour quand elle entendit des voix qui parlaient à voix basse.

— Il n'a pas assez d'hommes à épargner, dit un homme. Lord Klodian a déjà du mal à protéger son Domaine des animaux sauvages. Comment Lord D'Lance s'attend-il à ce qu'il envoie une armée pour l'aider contre la guerre qui se prépare ?

— Lord D'Lance a-t-il envoyé une demande officielle ? C'était une femme.

Mina ne reconnaissait pas leurs voix, mais elle savait qu'il s'agissait de nobles. Sinon, ils ne seraient pas dans ce couloir.

— Pas encore, mais c'est sûr que ça ne va pas tarder. J'ai le sentiment que Lord Klodian refusera la demande.

— J'en suis certaine. Il est obsédé par la chasse aux dragons ces derniers temps, et une guerre dans un Domaine lointain ne le concerne pas. Il refusera Lord D'Lance, et ce sera notre moment pour frapper.

Mina plissa le visage. Complotaient-ils contre Lord Klodian ? Elle s'approcha silencieusement de la porte et essaya d'apercevoir à qui appartenaient ces voix. Malheureusement, ils n'étaient pas dans son champ de vision.

— Nous ne devons faire aucun mouvement avant d'avoir reçu des nouvelles. Lord Klodian sera remplacé, mais ce doit être au moment opportun.

— Qu'en est-il de l'espion ? Je ne lui fais pas confiance. Elle n'est pas loyale par choix. Vous ne m'avez pas entendu dire ça, mais je pense qu'il a fait une erreur en l'envoyant. Il aurait dû confier cette tâche à quelqu'un d'autre.

Le poids de l'épée se faisait sentir, et Mina la baissa de son épaule, essayant de poser la pointe sur le sol. Elle racla contre les pierres, et Mina grimaça.

— Qu'est-ce que c'était ? demanda l'homme.

Mina entendit des pas. Elle s'enfuit dans la pièce suivante et se glissa à l'intérieur, espérant que personne ne s'y trouvait. La pièce était vide, et elle ferma doucement la porte. Elle colla son oreille contre le bois et écouta attentivement.

— Je ne vois personne, dit la femme. Néanmoins, nous devrions probablement continuer cette conversation plus tard.

D'autres paroles furent échangées, mais elles étaient étouffées et Mina ne put les distinguer. Elle serra les dents de frustration et attendit de ne plus rien entendre. Ouvrant la porte, elle jeta un coup d'œil et vit que le couloir était dégagé. Elle se précipita dans sa propre chambre et verrouilla la porte, puis remit l'épée au mur.

Elle avait tant de préoccupations. Qui étaient ces gens ? Et pourquoi complotaient-ils contre Lord Klodian ? À en juger par leur conversation, ils étaient les pions de quelqu'un d'autre, quelqu'un de plus puissant. Ils avaient aussi mentionné un espion. Elle envisagea d'aller immédiatement voir Lord Klodian, mais à part ce qu'elle avait entendu, elle n'avait rien d'autre à lui fournir.

Mina fronça les sourcils. Il faudrait qu'elle découvre qui étaient ces personnes. Il serait également utile qu'elle puisse trouver l'espion. Bien que sa nouvelle position lui ait attiré une certaine attention, elle avait passé des années à être ignorée. Comme les serviteurs, elle avait été au courant de nombreux secrets simplement parce que les gens ne faisaient pas attention à elle. Elle était certaine de pouvoir utiliser cela à son avantage, mais elle ne pouvait pas voler l'œuf de dragon *et* déjouer un coup d'État.

Elle allait avoir besoin d'aide. Si Caden était encore là, elle aurait pu lui demander. Il avait été son seul ami, et maintenant qu'il était parti, elle était à nouveau seule. Elle aurait pu demander à l'un des serviteurs de surveiller les allées et venues dans le couloir des nobles, mais elle ne savait pas si elle pouvait leur faire confiance. Il était rapidement devenu évident qu'ils étaient jaloux de sa nouvelle position, et si l'un d'entre eux pouvait trouver une raison de la saboter, elle savait qu'ils saisiraient l'occasion.

Mina faisait les cent pas dans sa chambre. Il devait bien y avoir quelqu'un qu'elle pouvait recruter, mais qui ? Son esprit continuait à faire chou blanc, alors elle dirigea ses pensées vers l'œuf. S'il n'y avait pas de gardes pour le surveiller, elle pourrait facilement le faire sortir du château et le livrer à Copper. Cependant, s'il y avait des yeux dessus, elle devrait avoir un plan de secours.

Si seulement il y avait un garde à qui elle pouvait faire confiance pour l'aider à entrer et éviter tout problème. Son visage s'illumina. Elle savait exactement vers qui se tourner.

6

Il fallut moins d'une journée à Caden pour réaliser que le Dominion Dracan fonctionnait très différemment du Thophat. Outre l'assassinat qu'il avait effectué la nuit précédente, cela se voyait également dans l'organisation des Runesmans. Comme ils étaient si nombreux, ils étaient divisés en groupes commandés par des capitaines. Les capitaines rendaient compte à Angus, qui lui-même faisait son rapport à Lord D'Lance.

— À quelle compagnie serai-je affecté ? demanda Caden en suivant Angus à travers le château.

— Cela dépendra de votre entretien avec Lord D'Lance. S'il se passe aussi bien que je le pense, vous me ferez directement votre rapport.

— Je crains de ne pas comprendre.

— Vous comprendrez, répondit Angus.

Ils arrivèrent dans une pièce circulaire bordée de bancs en bois. La salle était remplie de gens arborant des expressions ennuyées.

— Voici la Coterie. Quiconque souhaite une audience avec Lord D'Lance doit venir ici et attendre. S'il a le temps d'entendre leurs requêtes, ils sont convoqués dans la Cathedra.

Caden jeta un coup d'œil autour de la pièce, comptant au moins cinquante personnes. — Lord D'Lance va recevoir toutes ces personnes aujourd'hui ?

— Non. Selon ses autres priorités, il en acceptera peut-être cinq.

Alors qu'Angus s'approchait des grandes portes doubles menant à la Cathedra, la foule s'écarta pour lui laisser le passage. Deux gardes vêtus d'armures de cérémonie et armés de hallebardes inclinèrent la tête et se hâtèrent d'ouvrir les portes. Quelques personnes en attente gémirent, et Angus leur lança un regard furieux.

— Mes excuses, monseigneur, dit un homme. Je suis ici depuis trois jours à attendre. On m'avait dit que je serais le prochain.

— Mon entretien avec Lord D'Lance sera bref, dit Angus. Cela ne devrait pas affecter votre rendez-vous.

— Merci, monseigneur.

Angus fit un signe de tête à Caden, et ils franchirent les portes pour entrer dans une salle beaucoup plus vaste, bien que celle-ci fût de forme rectangulaire. Un somptueux tapis violet d'au moins dix mètres de long recouvrait le sol, et des gardes étaient alignés le long des murs. La pièce était décorée avec faste, et Caden eut l'impression de marcher dans la cour du Haut Prince plutôt que dans celle d'un Seigneur de Dominion.

Angus s'arrêta au bord du tapis et joignit les mains derrière son dos. Caden n'était pas sûr du protocole, alors il imita la posture d'Angus. À l'autre bout de la salle, un énorme trône trônait sur une estrade surélevée. Caden plissa les yeux pour voir Lord D'Lance, mais l'éclairage était tamisé et il était caché dans l'ombre.

Au pied de l'estrade se tenait une femme. Elle implorait Lord D'Lance d'envoyer des soldats à la recherche de son fils.

— Il a disparu depuis une semaine, et ce n'est pas son genre. Je crains qu'il ne lui soit arrivé quelque chose près du temple abandonné, dit-elle.

Un homme que Caden n'avait pas remarqué auparavant se pencha vers le trône comme pour écouter, puis se redressa et parla d'une voix forte.

— Mon Seigneur D'Lance a pris note de votre inquiétude, et il veillera à ce que des Runesmans enquêtent sur la disparition de votre fils. Allez en paix.

La femme s'inclina profondément, puis se dirigea vers les portes. Caden vit son visage lorsqu'elle passa. Elle avait l'air épuisé, avec de sombres cernes sous les yeux. Une fois qu'elle eut quitté la Cathedra et que les portes furent fermées, l'homme à côté du trône fit signe d'approcher.

— Mon Seigneur D'Lance accueille son fidèle serviteur, le Commandant Morin, et son invité.

— Ne parlez pas tant que Lord D'Lance ne vous y aura pas invité, chuchota Angus.

— Oui, monsieur.

Caden posa le pied sur le tapis et fut stupéfait par sa douceur. Même avec ses bottes, il avait l'impression de marcher sur des nuages. Au bout du tapis, Angus mit un genou à terre et inclina la tête. Caden fit de même, et il observa du coin de l'œil le moment où le commandant se relèverait. Il resta incliné un long moment, puis releva la tête.

— Levez-vous, dit l'homme.

Caden se leva, regardant tour à tour Angus et le trône. Bien qu'il n'en fût qu'à quelques pas, les ombres cachaient toujours Lord D'Lance à sa vue.

— Comment avance la tâche de trouver le dissident ?

C'était encore le héraut. Il était de taille moyenne, chauve et imberbe. Caden nota son visage, mince et visiblement peu exposé au soleil.

— Il a été trouvé et éliminé, répondit Angus.

— Qui est votre invité ?

— Voici Caden Davtyan, un Runesman du Dominion Thophate.

Le silence s'installa dans le groupe, et une nouvelle voix s'éleva, une voix qui fit frissonner Caden.

— Laissez-nous.

Le héraut s'inclina et s'empressa de partir sans un mot. Lord D'Lance se leva et s'avança dans la lumière. Il ne ressemblait en rien à ce que Caden avait imaginé. Il était grand et mince, avec de longs cheveux noirs qui lui tombaient sur les épaules. Il portait des robes pourpres bordées d'or, et ses traits rappelaient à Caden ceux d'un faucon. Pointus, prononcés, puissants.

— C'est bien le Runesman dont vous m'avez parlé, n'est-ce pas ?

— Oui, mon Seigneur. Je l'ai envoyé s'occuper de Terlamin hier soir.

— Et il a réussi ?

— Oui. J'ai moi-même vérifié qu'il s'agissait bien de son corps.

Lord D'Lance tourna son regard glacial vers Caden, et il sembla que l'homme avait l'étrange capacité de voir directement dans son âme, tranchant à travers les couches de son être comme un couteau chaud dans de la cire.

— Mon commandant me dit que votre ancien Seigneur de Dominion n'a pas coupé votre rune avant votre départ. Est-ce vrai ?

— Oui, mon Seigneur, répondit Caden.

— Dites-moi, Caden, à quoi aspirez-vous ? Quels sont vos désirs ? Vos besoins ?

Le regard de Lord D'Lance mettait Caden mal à l'aise. Il y avait quelque chose chez cet homme qui déclenchait des alarmes dans son esprit, mais à part son comportement, rien de visible ne justifiait ce malaise.

— Je veux la gloire et la fortune.

— Un homme selon mon cœur. Il sourit. J'imagine que c'est pour cela que vous êtes venu dans mon Dominion. Mon bras s'étend plus loin que tous les autres... à l'exception du Haut Prince, bien sûr. Comment comptez-vous trouver ces choses ?

— Je suis un Runesman, mon Seigneur. Je suis prêt à me battre pour les gagner. Littéralement.

— Je vois pourquoi vous me l'avez amené, commandant. Il est ambitieux au-delà de ses moyens. Et loyal, semble-t-il. Le commandant Angus vous a confié une tâche dès votre premier jour ici, et vous l'avez accomplie. J'ai besoin d'un homme de votre force et de votre caractère. De nombreux ennemis rôdent, et je crains de ne pas avoir assez de personnes en qui je peux avoir confiance pour m'aider. Puis-je vous faire confiance ?

— Avec votre vie, mon Seigneur.

— Peut-être qu'un jour vous gagnerez ce privilège, dit Lord D'Lance. Comment aimeriez-vous me servir directement, Caden ? Cela vous apportera la gloire et la fortune que vous recherchez.

— Ce serait un honneur.

Lord D'Lance se retourna vers Angus. — Il ne sait pas dans quoi il s'embarque, n'est-ce pas ?

Les deux partagèrent un sourire entendu, et Caden commença à se poser cette même question.

— Je suis sûr que vous avez entendu dire qu'une guerre se profile à l'horizon. Lord Culver dans le Dominion de Toren a proféré des menaces contre le Haut Prince. Pas ouvertement, bien sûr, mais ses paroles sont parvenues à mes oreilles. C'est mon devoir de protéger le Haut Prince de tous ses ennemis. J'ai des hommes qui rassemblent les preuves dont j'ai besoin pour le destituer, mais en attendant, mon attention se porte sur d'autres choses.

Caden n'était pas sûr de où Lord D'Lance voulait en venir avec toutes ces paroles, mais il soupçonnait que cela le concernerait d'une manière ou d'une autre.

— À quel point avez-vous fait connaissance avec Lord Klodian ?

— Pas très bien, mon Seigneur, répondit Caden.

— Dommage. J'ai des raisons de croire qu'il est impliqué dans le complot de Lord Culver contre le Haut Prince. Si quelqu'un pouvait me donner des informations qui m'orienteraient dans une direction ou une autre, ce serait très utile.

— Je sais qu'il est obsédé par la chasse aux dragons, mais c'est à peu près tout ce que j'ai appris avant d'être transféré.

— Les dragons, dites-vous ? Intrigant. Moi aussi, je m'intéresse aux dragons, mais cela n'implique pas de les tuer. Certaines personnes sont juste des barbares.

Lord D'Lance fixa Caden pendant un moment.

— J'ai une tâche pour vous. Le commandant Angus vous donnera les détails, mais un autre ennemi a attiré mon attention. Si vous parvenez à mener à bien cette tâche, vous aurez ma confiance pleine et entière.

— Considérez que c'est fait, mon Seigneur.

Lord D'Lance sourit. — Nous verrons bien.

7

— Tu es folle, dit Thais.

— Ça fait deux d'entre nous.

Thais lui lança un regard noir, mais Mina ne recula pas.

— Tu veux que je t'aide à voler quelque chose à Lord Klodian, et tu ne vois pas de problème avec ça ? Ta promotion a dû te monter à la tête.

— C'est un risque, je ne le nie pas, mais c'est pour le plus grand bien.

— Comment ça ?

Copper n'avait pas fait jurer le secret à Mina, mais elle doutait que quiconque croirait son histoire de dragons parlants. Les gens les considéraient comme de simples animaux sans cervelle, et elle savait que le monde n'était pas prêt à accepter la vérité.

— Je ne peux pas le dire. Tu devras simplement me faire confiance.

50

— Tu sembles oublier à qui tu parles. Je ne fais confiance à personne.

Mina savait qu'il allait être difficile de convaincre Thais de l'aider, mais elle devait essayer. Il n'y avait pas d'autres options.

— Je n'ai pas besoin que tu prennes physiquement la chose, j'ai juste besoin d'une diversion. Si les gardes peuvent être attirés ailleurs d'une manière ou d'une autre, je m'occuperai du vol.

— Comme je l'ai dit, tu es folle.

— Et si je te disais qu'il y a un espion ici venu d'un autre Dominion ?

Les yeux de Thais se plissèrent. — Quel espion ?

— J'ai surpris deux personnes en train d'en parler, répondit Mina. Je n'ai pas vu qui elles étaient, mais elles parlaient de renverser Lord Klodian.

— Baisse la voix, avertit Thais, jetant un coup d'œil autour de la caserne. Ce genre de propos te mènera à la potence, peu importe qui tu es.

— Désolée, dit Mina à voix basse. J'ai besoin d'aide. Maintenant que Caden est parti, je n'ai personne d'autre à qui demander. Je ne peux pas faire ça toute seule.

Thais fronça les sourcils, mais elle se pencha. — Je n'aurai pas à m'approcher de cette chose que tu voles, n'est-ce pas ?

— Non.

— Je t'aiderai à une condition. Je veux savoir qui sont ces personnes qui parlaient de se débarrasser de Lord Klodian.

— Je t'ai dit que je ne sais pas qui ils sont, dit Mina.

— Reconnaîtrais-tu leurs voix ?

— Je pense que oui.

— Alors ta tâche devrait être facile. Promène-toi dans le château et écoute leurs voix. Quand tu découvriras qui ils sont, dis-le-moi. Une fois que ce sera fait, je t'aiderai pour ton vol.

Mina voulait argumenter qu'ils pourraient manquer de temps, mais elle ne pouvait pas sans expliquer comment. Copper avait menacé d'amener une horde de dragons sur Klodian Keep, mais quand elle avait accepté de le voler pour eux, cela avait apaisé sa colère. Elle n'avait pas donné de délai précis au dragon, mais elle craignait que s'il lui fallait trop de temps, Copper ne revienne sur sa part du marché.

— D'accord, accepta Mina.

Elle quitta la caserne, prévoyant d'aller trouver Copper pour lui dire qu'elle travaillait à obtenir l'œuf pour lui. Elle avait l'impression d'être tiraillée dans tous les sens. Entre le vol de l'œuf et la découverte de l'identité des traîtres, elle avait du pain sur la planche. Néanmoins, le prix à la fin de tout cela en valait la peine. Elle serait enfin libérée de l'écaille et pourrait commencer une nouvelle vie ailleurs.

Une rafale de vent souleva la poussière de la cour, et Mina tourna son regard vers les portes. De sombres nuages s'amoncelaient à l'horizon, illuminés par des éclairs.

— Génial, marmonna-t-elle.

Si elle était assez rapide, elle devrait pouvoir atteindre Copper et revenir au château avant que l'orage n'éclate. Mina se précipita vers l'écurie et trouva Aram en train d'étaler du foin frais dans les stalles.

— J'ai besoin de prendre Tempête, dit-elle. Peux-tu la seller pour moi ?

— J'ai bien peur que non, dit Aram. Il y a un orage qui arrive, et vous ne voulez pas être prise dedans, croyez-moi.

— Ce sera rapide, protesta Mina. Je promets.

— Je suis désolé, ma Dame, mais c'est la règle de Lord Klodian, étant donné la récente disparition des patrouilles. À moins que vous n'ayez une permission écrite ?

Elle secoua la tête. — Je n'en ai pas.

— Alors vous devrez attendre que l'orage soit passé.

Mina sortit de l'écurie et regarda les portes. Elle envisagea d'y aller à pied, mais il n'y avait aucun moyen qu'elle puisse atteindre la mesa avant que l'orage ne frappe, et encore moins revenir en sécurité. Elle retourna au château, espérant que Copper ne s'impatienterait pas au point d'amener une armée de dragons.

Puisque Thais ne l'aiderait pas tant qu'elle n'aurait pas découvert qui étaient les traîtres, elle décida de commencer par cette tâche. Elle les avait entendus dans l'une des pièces du hall des nobles, il était donc logique de commencer par là. Mina naviga dans le dédale de couloirs et atteignit sa chambre. Elle s'arrêta à la porte, écoutant le bruit des serviteurs. Si l'un d'eux travaillait dans le hall, elle ne voulait pas qu'ils la voient se faufiler.

Tout était silencieux.

Mina longea le couloir, gardant ses pas légers. Elle alla directement à la pièce où elle avait entendu les deux personnes converser. La porte était fermée. Elle tourna lentement la poignée et poussa la porte, jetant un coup d'œil à l'intérieur. La pièce semblait vide, alors elle franchit le seuil et ferma la porte derrière elle.

La pièce ressemblait à sa propre chambre. Un énorme lit recouvert d'un baldaquin transparent était contre le mur. Des tables de chevet étaient de chaque côté, et une longue commode qui servait aussi de bureau reposait en face du lit. Mina s'approcha de la commode et commença à fouiller dans les tiroirs. Ils étaient pleins de vêtements coûteux, de bijoux et d'autres babioles inutiles.

Mina supposait que si c'était leur chambre, il devait y avoir quelque chose de compromettant à trouver. Cependant, en continuant sa recherche, elle ne trouva rien qui lui donnait le moindre indice. Elle savait qu'il était possible que les deux conspirateurs aient simplement utilisé la pièce pour leur conversation, mais elle ne pensait pas que c'était le cas.

— Où cacherais-*je* quelque chose si j'étais une espionne ? demanda-t-elle à haute voix.

Elle fit un tour sur elle-même, regardant autour de la pièce. Rien n'était hors de l'ordinaire, mais elle savait qu'il devait y avoir quelque chose. La fenêtre trembla, la faisant sursauter. Elle s'en approcha et regarda dehors. L'orage avait déjà atteint le château. Même si elle avait pris le cheval, elle aurait été prise dedans. Elle remercia silencieusement Aram de l'avoir refusée. Avec la disparition des patrouilles, les gens avaient commencé à chuchoter qu'il y avait une sorte de créature ou d'esprit responsable.

Mina n'en était pas si sûre, mais elle trouvait curieux que les patrouilles aient disparu sans laisser de trace. À l'extérieur du château, le vent hurlait comme un démon des enfers. Il était si fort qu'elle n'entendit pas la porte s'ouvrir.

— Que fais-tu ici ?

8

Tandis que Caden quittait la salle du trône en compagnie d'Angus, il se demandait s'il allait devoir tuer à nouveau. Les paroles du capitaine Eduard résonnaient dans son esprit.

Être un guerrier ne se résume pas à tuer quelqu'un.

Son devoir était de protéger le Seigneur du Dominion, certes, mais il se sentait plus comme un assassin que comme un soldat. Se faufiler dans l'ombre pour assassiner des gens n'était pas ce qu'il avait en tête lorsqu'il était devenu Runesman.

Pourtant, s'il n'était pas prêt à le faire, quelqu'un d'autre le ferait. Quelqu'un d'autre obtiendrait la renommée qu'il convoitait pour lui-même. Caden n'aimait pas se sentir souillé, mais il supposait que le chemin vers ce qu'il désirait l'obligerait à se salir les mains de temps en temps. Une fois qu'ils eurent laissé la Coterie derrière eux, Angus le mit au courant.

— L'ennemie dont Lord D'Lance a parlé est extrêmement dangereuse, mais vous ne serez pas seul. Nous allons la transporter dans un endroit en dehors du château où elle ne représentera une menace pour personne.

— Elle, monsieur ?

— Oui. Cette ennemie est une femme.

Caden fronça les sourcils. — Nous devons tuer une femme, monsieur ?

— Non, nous n'allons pas la tuer. C'est plus facile à dire qu'à faire, j'en ai peur. Nous allons simplement neutraliser la menace.

Un sentiment de soulagement l'envahit. Il ne savait pas s'il aurait été capable d'accomplir cette tâche. Que cette femme soit dangereuse ou non, il n'était pas sûr que son courage ne faiblirait pas. Puis il pensa à Thaïs. Il pouvait lui faire du mal, mais c'était parce que c'était personnel. Il ne connaissait pas cette autre femme.

— Vous assisterez le capitaine Burke et ses Runesmen, poursuivit Angus. Elle sera livrée à une prison improvisée et laissée là-bas. Si tout se passe bien et que vous revenez vivant, Lord D'Lance sera très satisfait.

La curiosité de Caden à propos de cette femme grandissait à mesure qu'Angus parlait d'elle. Comment une seule personne pouvait-elle être si dangereuse qu'il fallait tout un contingent de Runesmen pour s'en occuper ?

— Vous semblez distrait, dit Angus.

— Mes excuses, monsieur. J'essaie de comprendre comment une seule personne peut représenter une si grande menace. J'ai du mal à y croire.

— Vous comprendrez bien assez tôt. Allez manger quelque chose et rendez-vous chez Burke. Il vous donnera une nouvelle armure.

— Qu'est-ce qui ne va pas avec mon armure ? demanda Caden.

— Elle est obsolète comparée à ce que nous avons ici. Gardez-la si vous y tenez, mais pour cette mission, vous devrez porter ce que Burke vous donnera.

— Oui, monsieur.

Angus le quitta, bifurquant dans un couloir différent. Caden était content de pouvoir prendre un repas avant de reprendre la route. Son estomac se sentait vide, lui rappelant qu'il n'avait pas dîné la veille. Il se perdit en essayant de sortir du château et finit par errer dans un corridor qui semblait abandonné.

Il n'y avait pas de tapisseries ornant les murs, pas de tapis sur le sol, et pas de gardes. Il n'y avait personne du tout, ce qui rendait l'atmosphère étrangement silencieuse. Caden avait le sentiment que quelque chose de grave avait dû se passer ici. Il était sur le point de faire demi-tour quand il entendit quelque chose qui attira son attention.

Il s'arrêta et écouta. Le son venait de quelque part plus loin dans le couloir. Caden marcha doucement, sa curiosité guidant ses pas. Plus il s'approchait, plus il était convaincu que le son était un cri étouffé. Il atteignit la porte d'où provenait le bruit et pressa son oreille contre le bois.

On aurait dit que quelqu'un souffrait, mais c'était étouffé comme si la personne était bâillonnée. Caden essaya la poignée. Elle était verrouillée. Quelqu'un était-il torturé ? Il supposa que la pièce pouvait être le donjon. Cela expliquerait l'absence de décorations et de personnes, mais si des prisonniers étaient gardés à l'intérieur, il devrait au moins y avoir des gardes.

Il essaya à nouveau la poignée, plus fermement cette fois, mais elle ne bougea pas. Quoi qu'il se passe derrière la porte, cela ne semblait pas bon. Il sentait qu'il devait faire quelque chose, mais s'il ne pouvait pas ouvrir la porte, il n'y avait pas grand-chose qu'il puisse faire.

— Je dois en parler à Angus, marmonna Caden.

Fronçant les sourcils, il rebroussa chemin et finit par reconnaître ses environs. Il sortit du château et retourna aux baraquements. Angus n'était pas dans son bureau, alors Caden se fit une note mentale de lui demander à propos du couloir abandonné. Le petit-déjeuner était en train d'être préparé au premier étage, et l'odeur lui mit l'eau à la bouche alors qu'il descendait les escaliers.

Une file de soldats s'était formée près de la cuisine, et Caden les rejoignit. Il entendit quelques soldats parler des troubles qui se préparaient dans le Dominion de Lord Culver. Lord D'Lance avait mentionné que Lord Culver faisait des menaces contre le Haut Prince, mais s'il ne les faisait pas ouvertement, comment de simples soldats pouvaient-ils être au courant ?

Caden reçut un plateau chargé de suffisamment de nourriture pour deux repas. Un coup d'œil aux autres Runesmen autour de lui révéla qu'ils avaient reçu le même traitement. Lord Klodian n'avait pas lésiné sur la nourriture dans le Thophate, mais Lord D'Lance portait tout à un autre niveau. Caden emporta son plateau à l'étage et s'assit sur son lit, mangeant seul et réfléchissant à ce que le reste de la journée lui réservait.

Une fois qu'il eut terminé, il rapporta le plateau à la cuisine. Comme il ne savait pas à quoi ressemblait le capitaine Burke, il choisit quelqu'un au hasard et s'approcha de lui.

— Excusez-moi, mais je cherche le capitaine Burke. Pouvez-vous me l'indiquer ?

— Vous reconnaîtrez le capitaine Burke quand vous le verrez, répondit l'homme avec un sourire. C'est probablement le plus petit d'entre nous. Il a aussi une barbe rousse touffue.

— Vous parlez de moi dans mon dos ? La voix était profonde.

Caden se tourna vers le nouveau venu et dut cacher sa surprise. Le capitaine Burke atteignait à peine un mètre cinquante. Ses épaules étaient larges et sa silhouette trapue était épaisse de muscles noueux. Il marchait avec une allure confiante et s'avança vers eux.

— Non, monsieur, dit le soldat. Je ne parlerais jamais de vous dans votre dos, seulement au-dessus de votre tête.

Le capitaine Burke éclata d'un rire tonitruant.

— Tu es hilarant, Halber. Je pense que ta blague vient de te valoir la corvée de cuisine ce soir.

— Je suis désolé, monsieur. Je ne voulais pas vous contrarier.

— Oh, tu ne m'as pas contrarié. Tu n'as simplement pas encore appris ta place ici. C'est mon travail de rectifier ça. Burke tourna son regard vers Caden. Vous aussi, vous participiez aux blagues sur ma taille ?

— Non, monsieur. Le commandant Morin m'a dit de vous trouver. Il a dit que je travaillerais avec vous pour escorter une ennemie quelque part.

Burke sourit et caressa sa barbe, examinant Caden de haut en bas.

— Je suis toujours content d'avoir de l'aide, dit-il. Êtes-vous un Runesman ?

— Oui. Je viens d'être transféré du Thophate.

— Bien ! Ça signifie que je n'aurai pas à vous former. À vous voir, je suppose que vous avez une rune de force ?

Caden acquiesça, impressionné.

— Encore mieux, dit Burke. Nous avons perdu beaucoup de Runesmes de force récemment, donc je suis content de vous avoir. Cependant, vous aurez besoin d'une armure différente si vous comptez venir. Ce que vous portez ne tiendra pas si les choses tournent mal.

— Que voulez-vous dire ? demanda Caden.

— Le commandant vous a-t-il dit ce que nous escortons ?

— Il m'a dit que nous escortions une femme. Une femme dangereuse.

— Ouais, mais dangereuse n'est que la moitié de l'histoire. C'est une rusée, et elle n'aime pas beaucoup les gens comme nous.

Le visage de Caden se plissa de confusion. — Je ne comprends pas.

Le capitaine Burke secoua la tête. — Le commandant ne vous l'a pas dit, je suppose ?

— Me dire quoi ?

— La prisonnière est un dragon.

9

Mina fit volte-face, son cœur tombant dans son estomac, mais le soulagement l'envahit quand elle vit que c'était Kera.

— Je cherchais... les propriétaires, dit Mina.

— Qui ?

— Le seigneur et la dame qui résident ici.

Kera croisa les bras et fixa Mina. — Pour quelle raison ?

— Cela ne vous regarde pas, répondit Mina.

— On dirait bien une noble qui parle. Si vous les cherchiez vraiment, vous sauriez qu'ils sont avec Lord Klodian en ce moment. Alors, voulez-vous me dire ce que vous faites ici, ou dois-je informer Lord Klodian que vous fouillez dans les effets personnels des membres de sa cour ?

Mina décida de bluffer.

— Lord Klodian est déjà au courant de ce que je fais. C'est lui qui m'a envoyée ici.

L'attitude méfiante de Kera vacilla. — Vraiment ?

Mina hocha la tête.

— Pourquoi ne pas l'avoir dit tout de suite ?

— On m'a dit de rester discrète à ce sujet. Politique de cour.

Kera leva les yeux au ciel et laissa retomber ses bras. — Il y a toujours quelque chose ici. On pourrait penser qu'en étant si loin des plus grands Dominions, toutes ces absurdités politiques ne seraient pas un problème.

— C'est pire que vous ne le pensez, dit Mina. Mais vous ne tenez pas ça de moi.

— Je suis désolée que vous soyez maintenant impliquée dans leurs jeux. La liberté n'est pas vraiment la liberté, n'est-ce pas ?

Mina haussa les épaules. — La majeure partie de ma vie a été ainsi, donc ce n'est pas un grand changement pour moi. Je suppose que je n'ai pas besoin de mentionner que vous ne m'avez pas vue ici et que nous n'avons jamais eu cette conversation.

— Bien sûr que non, ma Dame. Je vais vous laisser à votre tâche, alors.

— J'ai une question. À qui appartient cette chambre ? Le visage de Mina rougit et elle savait qu'elle poussait les limites. — On ne m'a pas dit quelle chambre vérifier précisément, donc je ne suis peut-être même pas au bon endroit.

— Je ne suis pas surprise qu'on ne vous ait donné aucune indication. Les nobles aiment supposer que nous savons tout alors qu'ils nous laissent dans l'ignorance. C'est la chambre de Lord et Lady Burgess.

— Alors je suis dans la bonne chambre. Mina sourit, mais intérieurement, elle était nerveuse.

— Autre chose ?

— Non, merci.

Kera fit un signe de tête et quitta la pièce. Mina se frotta le visage, soupirant de soulagement. Cela avait failli très mal tourner. Elle continua à fouiller la chambre, mais ne trouva rien qui prouvait que les deux personnes qu'elle avait entendues parler prévoyaient de renverser Lord Klodian. Elle soupçonnait qu'ils travaillaient pour quelqu'un, ce qui signifiait qu'il devait y avoir une lettre ou quelque chose de compromettant. Mina vérifia à nouveau les mêmes tiroirs mais ne trouva rien.

Malgré cela, elle avait appris qui ils étaient. Et puisqu'elle avait un nom, cela signifiait que Thais l'aiderait avec l'œuf. Le vent fit à nouveau trembler les fenêtres, interrompant ses pensées, et Mina savait qu'elle devrait attendre que la tempête passe pour parler à Thais. Elle s'assura de tout remettre en place comme elle l'avait trouvé et se précipita dans ses propres appartements, se laissant tomber sur son lit.

La journée était encore jeune, alors Mina décida qu'une fois la tempête passée, elle parlerait à Thais puis irait à cheval informer Copper de ses progrès. Elle espérait que si elle le tenait au courant des choses, il tiendrait parole. Cependant, elle ne savait pas si le dragon honorerait du tout ce qu'il avait dit. C'était un dragon, et elle avait beaucoup de mal à lui faire confiance, mais elle n'avait pas vraiment le choix. Il était sa meilleure chance de retirer l'écaille de sa jambe, alors elle *devait* lui faire confiance.

C'était la dernière chose dont elle se souvenait avant de se réveiller. Mina s'assit et regarda par la fenêtre. La tempête était partie, et le soleil brillait à travers la vitre. Elle trouva étrange de s'être endormie car elle n'était même pas fatiguée, mais peut-être que le stress de tout cela avait eu raison d'elle.

Mina glissa du lit et quitta sa chambre, laissant l'épée de Vhan derrière elle. Elle se rendit aux baraquements et trouva Thais et plusieurs autres Runesmen en train de balayer la saleté du sol. Thais la regarda d'un air perplexe.

— J'ai découvert qui sont ces gens, dit Mina.

— C'était rapide, répondit Thais.

— Eh bien, c'était de la pure chance. Je suis allée fouiner dans leur chambre et une des servantes m'a surprise. Quoi qu'il en soit, elle m'a dit qu'il s'agit de Lord et Lady Burgess.

— Burgess ? Thais fronça les sourcils. Je n'ai jamais entendu ce nom auparavant.

— Ça se tient. Vu ce qu'ils complotent, je doute qu'ils utilisent leurs vrais noms. Burgess est probablement un faux nom de famille.

— Si c'est vrai, alors nous en sommes encore au début. Découvrez-en plus sur eux.

— Non, dit Mina. Vous m'avez dit de vous obtenir un nom. Je l'ai fait. Maintenant c'est à votre tour de m'aider. De plus, je n'ai rien trouvé de suspect dans leur chambre.

— Avez-vous cherché des tiroirs cachés ou des compartiments secrets ?

— Non, pourquoi l'aurais-je fait ?

— Ces gens sont des espions, répondit Thais. Ils ne vont pas laisser des choses à la vue de tous.

— Comment aurais-je pu le savoir ? Je ne démêle pas des complots machiavéliques tous les jours. Au cas où vous l'auriez oublié, jusqu'à récemment, tout ce que j'ai fait, c'est nettoyer des choses et guider Lord Klodian vers des dragons. Vous avez dit que vous m'aideriez, alors à moins que vous ne reveniez sur votre parole, j'ai besoin que vous me retrouviez ce soir.

— *Ce soir ?* demanda Thais, incrédule.

— Le temps file, et le danger grandit à chaque heure qui passe.

Thais regarda autour des baraquements. — Très bien. Où devrais-je vous retrouver ?

— Dehors vers minuit. Les serviteurs seront endormis à ce moment-là, et je pourrai vous faire entrer dans le château sans que personne ne le remarque.

— Avez-vous un plan ?

— Oui. Vous créerez une diversion, et je volerai l'o... l'objet, dit Mina, se corrigeant au dernier moment.

— En quoi est-ce un plan ? Quel genre de diversion dois-je créer ?

Mina haussa les épaules. — Débrouillez-vous. Je fais tout le travail risqué.

— Je n'aime pas votre attitude. J'ai bien envie de me laver les mains de tout ça.

— C'est votre devoir de protéger Lord Klodian et le Dominion. Si vous ne m'aidez pas, vous manquerez à ce devoir.

— Si nous sommes en aussi grand danger que vous le dites, pourquoi n'en parlez-vous pas à Lord Klodian ? Cela ne simplifierait-il pas les choses ?

Mina voulait tout dire à Thais, mais elle ne faisait pas confiance à cette femme. Pas encore, en tout cas. Une fois que tout cela serait terminé, peut-être qu'elle baisserait un peu sa garde.

— Lord Klodian n'a pas besoin d'être impliqué, sauf si nous échouons. Et à ce moment-là, il sera de toute façon trop tard.

— Savez-vous répondre à une question sans être cryptique ? demanda Thais.

— Oui, mais comme je l'ai dit avant, je ne peux rien te dire. Si nous parvenons à réussir, alors je révélerai tout. Jusque-là, tu dois simplement faire ce que je te demande.

Thais gloussa. — Tu es une drôle de fille, tu sais ça ? Je vais quand même t'aider, mais uniquement parce que je suis curieuse. Je ne pense pas que nous soyons en danger, mais si c'est ce qui te motive, soit. Maintenant, file d'ici avant que je n'aie des ennuis pour ne pas avoir fait le ménage. Je te verrai ce soir.

Mina quitta les baraquements et se dirigea vers l'écurie. Il était temps d'aller voir Copper.

10

— Un dragon ?

Caden n'était pas sûr d'avoir bien entendu le capitaine.

— Ouais, un dragon. T'en as déjà vu un de près ?

— Non, dieu merci. Mon ancien seigneur aimait les chasser pour le plaisir, mais je préfère les éviter.

— Tu peux rester en arrière si tu veux, dit Burke. Mais je ne te le conseille pas.

Caden savait que s'il n'y allait pas, sa chance de gagner la confiance de Lord D'Lance serait perdue. Il avait peur des dragons, mais qui ne l'était pas ? Burke ne semblait pas l'être. Caden savait qu'il devrait surmonter sa peur, mais il ne savait pas comment.

— J'y vais, dit-il.

— Bien. D'abord, il faut t'équiper d'une armure.

— C'est ce que le commandant Morin m'a dit.

— Tu serais mort en quelques secondes si un dragon te crachait dessus, mais on a quelque chose qui résiste au feu de dragon. Viens, on va t'en trouver une à ta taille.

Caden suivit Burke à travers la caserne, jusqu'à une porte en acier munie de plusieurs serrures. Burke sortit un petit trousseau de clés de sa ceinture et déverrouilla méthodiquement chacune d'elles, sans suivre d'ordre particulier.

— C'est l'armurerie, dit Burke. Seuls ceux qui ont le rang de capitaine ou plus peuvent y entrer, donc si tu as besoin de quoi que ce soit, tu viens me voir.

Burke poussa la porte, faisant signe à Caden d'entrer en premier. Caden franchit le seuil et remarqua immédiatement la grande fenêtre rectangulaire qui inondait l'espace de lumière naturelle. Une douzaine ou plus de râteliers d'épées finement ouvragées étaient alignés en rangées ordonnées, et des étagères supportaient des plastrons, des heaumes et des bottes. Un mur entier était couvert de cottes de mailles suspendues à des crochets. Caden les regarda avec envie.

— Ça n'offre pas beaucoup de protection contre les dragons, grogna Burke. Tu porteras une armure de plates complète.

— Je n'ai jamais porté d'armure de plates, admit Caden. C'est lourd ?

— Oui. C'est aussi difficile de manœuvrer avec, mais tu n'auras pas à t'en soucier. Le dragon ne se promènera pas librement. L'armure est juste au cas où elle s'échapperait.

Caden ne trouva pas beaucoup de réconfort dans les paroles de l'homme. Son travail de soldat était de combattre des humains, pas des dragons. Si le dragon s'échappait, il doutait qu'aucun d'entre eux ne survive pour raconter l'histoire.

— Qu'est-ce que cette armure a de si spécial ? demanda Caden.

Burke sourit. — Elle est unique en son genre. Elle te protégera du feu de dragon tant que tu la portes correctement.

— Comment ? Le feu de dragon ne fait-il pas fondre le métal ?

— Ouais, mais ce métal est différent. Il résiste à la chaleur extrême, agissant comme un tampon entre toi et le feu. Un dragon pourrait se tenir directement devant toi et cracher son souffle enflammé, et tu ne sentirais qu'une légère chaleur.

Caden regarda l'armure d'un air dubitatif jusqu'à ce qu'il se souvienne d'une conversation avec Thaïs. Elle avait proposé une théorie folle sur quelqu'un utilisant du métal provenant d'une sorte de créature vivant dans les volcans. Était-il possible que Lord D'Lance l'ait vraiment fait ?

— Tu l'as vu fonctionner ? demanda Caden.

— J'en ai fait l'expérience personnelle, répondit Burke. Trouve un plastron qui t'aille bien. Tu ne veux aucun espace vide du tout.

Caden s'approcha de la grande étagère et en prit un qu'il pensait lui aller, mais quand il le glissa par-dessus sa tête, il était trop grand. Il lutta un moment pour l'enlever, puis le remit sur l'étagère et en choisit un autre. Celui-ci lui allait parfaitement.

— On a plusieurs styles de heaumes. Choisis celui que tu préfères et prends une paire de bottes.

— Et pour mes bras et mes jambes ? demanda Caden.

— Il y a différentes pièces qui s'assemblent. Crois-moi, une fois que tu seras entièrement équipé, il n'y aura pas un centimètre de toi qui sera visible. Nos forgerons ont éliminé tous les défauts possibles de la conception.

— On dirait l'armure parfaite.

— Lord D'Lance n'accepterait rien de moins, dit Burke. Nous perdons déjà assez de Runesmen comme ça, donc il ne lésine pas sur les moyens quand il s'agit de protéger ses soldats.

— J'apprécie ça, répondit Caden.

Burke se retourna et siffla, puis fit signe à quelqu'un d'approcher. Un autre homme les rejoignit dans l'armurerie.

— Voici Kennet. Il t'aidera à mettre le reste de l'armure parce que c'est presque impossible de le faire tout seul. Une fois que tu auras fini, rejoins-moi dans la cour. Nous partons dès que tu es prêt.

— Où allons-nous ? demanda Caden.

— Escorter le prisonnier. Ferme les portes quand vous aurez fini, dit Burke à Kennet, puis il s'éloigna.

— Je m'appelle Caden. Merci de m'aider.

— Ce n'est pas un problème du tout. Le capitaine Burke ne plaisante pas quand il dit qu'il est impossible d'enfiler cette armure seul.

— Tu es aussi capitaine ? Il a dit que seuls les capitaines et les grades supérieurs avaient accès à l'armurerie.

— Je suis en formation, donc ce n'est pas encore officiel, mais je fais tout ce que fait un capitaine. Je vais prendre la place du capitaine Tayfur une fois que le commandant Morin m'aura donné son accord.

— Le capitaine Tayfur prend sa retraite ? demanda Caden.

— Non. Il a été tué la semaine dernière.

— Oh, par les dieux. Je suis désolé.

— Ne le sois pas, dit Kennet. Il est tombé au combat lors d'une escarmouche à la frontière avec les hommes de Lord Culver. Culver empiète lentement sur le Dominion de Lord Veisi depuis des années, mais c'est devenu plus agressif récemment. Le commandant a envoyé un flux constant de Runesmen dans le Dominion de Veisi pour dissuader toute action supplémentaire de Culver, mais cela ne semble pas avoir d'impact.

— On dirait qu'une guerre se prépare.

— Je ne sais pas pour ça, mais Lord D'Lance devra faire quelque chose avant que le Haut Prince n'apprenne ce qui se passe. La dernière chose que quiconque souhaite, c'est que le Haut Prince fasse marcher ses armées à travers les lignes des Dominions. Il les laissera tout ravager juste pour montrer sa force.

Plus Caden en apprenait sur la politique des Dominations, moins il voulait en savoir. Il désirait la richesse et la gloire, mais il ne voulait pas être impliqué dans la sphère politique. Cela ne ferait que compliquer sa vie, et il préférait que les choses restent simples. Son esprit vagabondait tandis que Kennet commençait à lui attacher des pièces d'armure aux bras.

Lorsque Kennet eut terminé, Caden eut l'impression que son poids avait doublé. L'armure était considérablement lourde, et même ses bottes avaient du poids. Marcher devint si difficile que c'était une corvée.

— Par tous les dieux, comment peut-on se battre avec ça ? J'arrive à peine à bouger.

— C'est surtout pour se protéger du feu des dragons, expliqua Kennet. Pour le combat, tu porteras probablement une cotte de mailles. Comme tu pars avec le capitaine Burke, tu ne devrais pas avoir grand-chose à craindre. C'est un homme compétent. On suppose qu'il est en lice pour devenir commandant une fois qu'Angus prendra sa retraite.

— Ou qu'il mourra ? demanda Caden. Il lui semblait que beaucoup de gens mouraient dans cette Domination.

— Je ne pense pas qu'Angus puisse être tué, dit Kennet en riant. Cet homme a vécu plus longtemps que la plupart et a vu plus de batailles que quiconque que je connaisse. La

Mort elle-même devra venir le chercher en personne. Laisse-moi resserrer la sangle de cet avant-bras, et tu seras prêt.

Caden sentit une pression autour de son bras gauche tandis que Kennet tirait sur la sangle. Entre le poids et l'étroitesse de l'ensemble, il avait l'impression d'être comprimé à mort.

— Je te conseille de laisser le heaume de côté jusqu'à ce que tu sortes des murs. Il retient toute la chaleur corporelle, alors j'essaie de retarder ça le plus longtemps possible.

— Merci, dit Caden en saisissant le heaume de sa main droite.

— Tu ferais mieux de te dépêcher. Le capitaine Burke n'est pas connu pour sa patience.

Caden quitta l'armurerie et sortit des baraquements, marchant aussi vite qu'il le pouvait. À mi-chemin de l'endroit où l'attendait le capitaine Burke, il réalisa qu'il avait oublié d'emporter son épée. Il n'osa pas faire demi-tour et faire attendre le capitaine, alors il continua jusqu'à l'avant du château.

— J'ai oublié de prendre mon épée, dit Caden en s'approchant de Burke. Voulez-vous que je retourne la chercher ?

— Non, nous sommes déjà en retard sur le programme. Je doute que nous rencontrions des problèmes. Nous allons juste emmener cette maudite créature à un nouvel endroit et la laisser là pour qu'elle pourrisse. La cage devrait la retenir, mais au cas où, tu ferais mieux de garder tes distances.

Caden regarda dans la direction indiquée par Burke et déglutit avec difficulté. La cage était énorme, mesurant trois mètres de hauteur et au moins le double en longueur, sans compter la plate-forme à roues sur laquelle elle était construite.

— Tu es prêt pour ça ?

— Aussi prêt que je peux l'être, répondit Caden.

— Bonne réponse. En route !

11

Mina chevauchait Tempest dans le désert, s'émerveillant de la façon dont le paysage avait été transformé par la tempête. D'habitude, les dunes avaient des lignes fluides qui donnaient l'impression qu'elles ondulaient, mais le vent avait aplani le sable, le rendant lisse et plat. Elle remercia silencieusement Avera qu'Aram ne l'ait pas laissée partir plus tôt. La tempête avait frappé plus vite qu'elle ne s'y attendait.

L'écaille dans sa jambe l'alerta de la présence de Copper. Il se trouvait sur la même mesa que l'autre jour, là où elle l'avait finalement rencontré. Mina redoutait l'ascension jusqu'au sommet et fut surprise lorsque la voix du dragon résonna dans son esprit.

Viens à la base et je te ferai monter.
Comment vas-tu faire ça ?

Avec mes puissantes ailes. Vous, les humains, n'êtes pas très intelligents, n'est-ce pas ?

Nous sommes assez intelligents pour tuer les tiens, répliqua Mina.

Le reniflement indigné de Copper lui procura une certaine satisfaction. Ainsi, les dragons avaient des sentiments et des émotions face aux paroles blessantes, tout comme les humains. C'était intéressant. Elle arrêta son cheval lorsqu'elle atteignit les murs imposants de la mesa.

Laisse ton cheval et éloigne-toi de cent pas.

Pourquoi ? Mina devint méfiante, se demandant si le dragon avait l'intention de la tuer.

Si tu préfères, je peux effrayer ta monture, mais alors tu devrais rentrer à pied à ton château.

Mina n'y avait pas pensé. Elle mit pied à terre et tapota le cou du cheval. Tempest la poussa du museau, et elle sortit une pomme de la sacoche pour la lui offrir. Il en prit une bouchée et mâcha bruyamment, puis termina ce qui restait.

— Tu l'as même goûtée ? demanda Mina en secouant la tête. Reste ici et attends-moi. Je reviendrai bientôt.

Elle compta ses pas en s'éloignant du cheval, longeant le mur de la mesa. Arrivée exactement à cent, elle s'arrêta et leva les yeux. Une ombre la recouvrit alors que Copper sautait du haut de la mesa, les ailes déployées. Il tournoya en cercles, descendant lentement. Malgré sa haine pour les dragons, Mina ne put s'empêcher d'admirer la beauté majestueuse de Copper.

Le sable tourbillonna dans l'air en petits nuages tandis que les ailes du Dragon massif battaient pour arrêter sa descente. Il atterrit à quelques mètres et Mina le fixa en silence.

Tu vas rester bouche bée toute la journée ?

Désolée.

Mina s'approcha prudemment de Copper, mais elle ne se sentait pas terrifiée par lui.

L'autre jour, j'étais paralysée par la peur, mais je n'ai pas peur maintenant.

C'est parce que je ne projette pas mes phéromones.

Que veux-tu dire ?

Le dragon l'observait attentivement tandis qu'elle approchait. Ses pupilles fendues restaient fixées sur elle, sans ciller.

Nous, les dragons, pouvons projeter une substance chimique dans l'air qui permet aux autres dragons de savoir que nous sommes présents. La peur que tu ressens est un effet secondaire. Je pense que c'est parce que les humains ne savent pas comment gérer la phéromone.

Mina s'arrêta devant Copper, ses yeux parcourant ses écailles. Çà et là, elle repéra des imperfections, surtout des entailles et des égratignures, mais quelques écailles étaient endommagées et il manquait des morceaux entiers. Son ventre était de la même couleur que le reste de ses écailles, et ses griffes étaient énormes. Des serres aussi tranchantes que des épées s'enfonçaient dans le sol.

Pourquoi me regardes-tu ainsi ? demanda Copper.

Je n'ai jamais vu un dragon de près auparavant, répondit Mina.

Tu m'as vu de près il n'y a pas si longtemps.

C'était différent.

Elle réalisa pour la première fois que l'écaille incrustée dans sa jambe ne lui faisait pas mal. Auparavant, elle aurait ressenti une douleur lancinante qui l'aurait paralysée chaque fois qu'elle s'approchait d'un dragon. Pourtant, maintenant, debout directement devant l'un d'eux, elle ne ressentait aucune douleur. Et ç'avait été la même chose les deux autres fois où elle l'avait rencontré.

Es-tu prête ?

Mina déglutit difficilement et hocha la tête. *Dois-je grimper sur ton dos ?*

Copper émit un son gloussant qui lui rappela un rire, et l'odeur des roses emplit ses narines. Il y avait beaucoup de choses qu'elle ne comprenait pas à propos des dragons, et elle se demandait combien de leurs secrets Copper lui dévoilerait.

Absolument pas. Je vais te saisir avec mes griffes. Tends les bras. Et ne gigote pas, sinon ta chair sera tranchée.

Le dragon battit des ailes et s'éleva dans les airs, puis s'avança et tendit ses griffes vers elle. Avant qu'elle ne puisse reconsidérer sa décision, les griffes avant de Copper s'enroulèrent autour de ses bras et il la souleva du sol.

Mina serra les dents, luttant contre son instinct qui lui criait de hurler. Elle regarda le sol s'éloigner sous elle tandis que le dragon s'élevait de plus en plus haut, le vent de ses ailes fouettant ses cheveux et ses vêtements. Le sommet de la mesa devint visible, et il la déposa, puis vola plus haut dans le ciel avant de redescendre en piqué. Il déploya ses ailes au dernier moment, son corps supérieur se redressant brusquement tandis que ses pattes arrière touchaient le sol. Elle avait du mal à croire qu'un dragon puisse être aussi agile.

Tous les dragons peuvent-ils voler ?

Oui. Tous les humains peuvent-ils marcher ?

Oui, répondit Mina. *Enfin, la plupart le peuvent.*

La plupart ?

Certains d'entre nous naissent brisés et ne peuvent pas faire certaines choses.

C'est la même chose pour les dragons, dit Copper. *Mais si un dragon ne peut pas voler, il ne vivra pas longtemps.*

Pourquoi pas ?

Si la mère ne tue pas un nouveau-né avant qu'il ne quitte le nid, il sera la proie de nombreuses créatures jusqu'à ce qu'il grandisse. Voler nous donne l'avantage d'éviter les prédateurs, et donc tuer un dragon incapable de voler est un acte de miséricorde.

Quel genre d'animal chasse les dragons ?

À part les humains ? Beaucoup de choses quand nous sommes petits. Les vers des sables, principalement.

La curiosité de Mina fut piquée. *Qu'est-ce qu'un ver des sables ?*

Tu n'en as jamais vu ?

Je ne crois pas.

Tu le saurais si c'était le cas. Ils ne s'approchent pas des endroits habités par les humains. On les trouve parfois ici, parmi les mesas. Plus tu t'enfonces dans le désert, plus tu as de chances d'en rencontrer.

Mina n'avait pas prévu de s'aventurer profondément dans le désert, elle espérait donc n'avoir rien à craindre. Copper pencha la tête sur le côté.

Comment se passe la chasse à l'œuf ?

C'est pour ça que je suis venue ici, répondit Mina. *Je vais essayer de le prendre ce soir. J'aurai de l'aide, donc je devrais pouvoir te le livrer demain.*

C'est une bonne nouvelle. J'espère que l'œuf n'est pas endommagé.

Combien de temps faut-il pour qu'un œuf éclose ? Lord Klodian a l'œuf depuis longtemps, mais il reste inchangé.

Copper émit un son bourdonnant, et Mina sentit une légère odeur de lavande. Elle ne savait pas pourquoi elle percevait ces arômes, mais elle soupçonnait que cela avait un rapport avec les dragons.

Les dragons peuvent attendre des années avant d'éclore. Les circonstances doivent être propices, et le dragon saura s'il est en sécurité pour sortir de sa coquille.

Combien y a-t-il de dragons ?

Trop pour les compter, répondit Copper.

T'entends-tu bien avec les dragons des autres couleurs ?

Avec beaucoup d'entre eux, oui.

Combien de couleurs existe-t-il ?

Dix.

Je n'en ai vu que cinq.

Les couleurs métalliques, je suppose ? Nous préférons la solitude du sable et de la chaleur. Nos frères, ceux dont les couleurs sont chromatiques, non.

Mina se souvint du dragon noir qu'elle avait vu lors de son voyage avec Lord Klodian, quand il l'avait emmenée tester la capacité de l'écaille à détecter la magie.

En fait, j'ai vu six couleurs. L'un était noir, mais je l'ai vu dans le désert.

Vraiment ? Les narines de Copper se dilatèrent et sa queue s'agita derrière lui. *Je n'ai pas vu l'un de nos frères depuis de nombreuses années.*

Pourquoi ? demanda Mina.

Ce sont ceux avec qui nous ne nous entendons pas.

Tu peux m'expliquer ?

C'est une longue histoire.

J'ai du temps.

Copper la regarda en silence pendant un moment.

Très bien. L'histoire commence il y a mille ans...

12

C'était tard dans la soirée quand le capitaine Burke ordonna l'arrêt.

Caden retira son heaume et respira profondément l'air frais. Son corps entier était trempé de sueur, et il avait hâte d'enlever sa lourde armure. Lui compris, il y avait un peu plus de deux douzaines de Runesmens. L'énorme cage sur roues qui transportait le dragon était tirée par dix chevaux de Clydesdale, des bêtes gigantesques qui faisaient paraître les chevaux normaux minuscules en comparaison.

La cage était en réalité un wagon, fabriqué dans le même métal que leurs armures. Il y avait une seule porte à une extrémité, renforcée d'acier et couverte de cadenas. Caden ne connaissait pas grand-chose aux dragons, mais il avait le sentiment que si la créature voulait vraiment se libérer, les maigres défenses du wagon ne suffiraient pas à la contenir.

— Rassemblement ! cria Burke.

Tout le monde se pressa autour du capitaine, formant un cercle chaotique.

— Nous allons établir le camp ici. Il y a une colline un peu plus loin où nous la laisserons, mais nous aurons besoin de la lumière du jour pour ne pas coincer la cage. Je veux deux hommes en surveillance à chaque coin du camp. Si quelqu'un de garde est surpris à dormir, il répondra au commandant Morin. Des questions ?

Personne ne parla.

— Bien. Sabir et Lorn, vous prenez le coin est. Erik et Quinn, le coin ouest. Dirk et Finnis, le coin sud. Asa et Boris, vous êtes sur le coin nord. Après deux heures, réveillez quelqu'un pour vous remplacer. La nuit devrait être calme, mais si vous voyez quoi que ce soit, alertez le camp. Le dragon a été sédaté et devrait être inconscient jusqu'à bien après notre départ, mais restez quand même loin de la cage.

Les soldats qui n'avaient pas été appelés pour la garde commencèrent à récupérer des sacs de couchage du chariot qui suivait le wagon. Aucun d'eux n'enleva son armure, cependant, et ils s'allongèrent en retirant seulement leurs heaumes. Caden prit un sac de couchage pour lui-même et chercha un endroit pour se reposer. La plupart de ses compagnons s'étaient dispersés, mais quelques-uns s'étaient regroupés.

Il choisit un endroit près du chariot et déroula son sac de couchage, mais cela n'offrait que peu de confort. La cuirasse lui rentrait dans le bas du dos, provoquant des élancements de douleur au moindre mouvement. Il se força à s'asseoir et jeta un coup d'œil autour de lui.

Le camp était à la lisière d'une zone boisée, et le paysage était majoritairement plat. Caden se leva et porta son sac de couchage jusqu'à la ligne d'arbres. Il le plaça contre l'un des arbres, puis s'assit et s'adossa contre celui-ci. Bien que ce ne soit toujours pas confortable, c'était mieux que d'être allongé à plat sur le sol.

Son corps lui faisait mal d'épuisement, mais il avait du mal à s'endormir. Le ciel nocturne au-dessus de lui lui rappelait la dernière fois qu'il avait vu Mina, et ses pensées s'assombrirent. Il avait passé une nuit au cachot et avait été forcé de rejoindre un autre Dominion à cause des actions de Thaïs. Il avait cru qu'elle avait des sentiments pour lui, mais peut-être était-ce ainsi qu'elle l'avait trompé pour qu'il baisse sa garde. Finalement, ses yeux s'alourdirent et il s'assoupit.

Un cri le réveilla en sursaut.

Il se remit maladroitement sur ses pieds, confus, se frottant les yeux embués. Il faisait encore nuit. Le fracas de l'acier résonna à travers le camp, et Caden réalisa qu'ils étaient attaqués. Il mit son heaume et courut vers le chariot, se baissant derrière quand il aperçut deux personnes équipées d'armures noires. Sur leurs épaulières était gravée une empreinte de patte griffue entourée d'un soleil flamboyant.

— Repliez-vous ! C'était le capitaine Burke. Vers moi, Runesmens ! Vers moi !

Caden jeta un coup d'œil autour du chariot et vit que le capitaine était à l'avant du wagon. Une poignée de Runesmens était déjà avec lui, mais tous les autres étaient engagés contre leurs assaillants. Il se précipita vers l'endroit où se trouvait Burke et eut du mal à arrêter son élan.

— Que se passe-t-il ? demanda-t-il.

— N'est-ce pas évident ? Nous sommes attaqués.

— Oui, mais par qui ? Et pourquoi ?

— Ils portent le blason de Lord Culver, répondit Burke. Cet imbécile est allé trop loin cette fois. Lord D'Lance aura sa tête.

— Seulement s'il l'apprend, répliqua Caden.

— Qu'est-ce que ça veut dire ?

Caden pointa du doigt devant lui, et Burke tourna son regard dans la direction qu'il indiquait. Une troupe d'hommes en armure noire portant le même blason rouge de Lord Culver dévalait la colline.

— Tiens, dit Burke en tendant une épée à Caden. J'espère que tu sais t'en servir ?

— Oui.

— Bien. S'ils libèrent le dragon, nous sommes morts à coup sûr. Nous devons les empêcher de la faire sortir.

Caden serra fermement la poignée et hocha la tête. Malgré la gravité de la situation, il ne pouvait s'empêcher de considérer à quel point cela l'élèverait encore davantage aux yeux de Lord D'Lance s'il survivait. L'excitation et la peur inondaient ses sens dans un mélange confus, comme toujours avant une bataille.

Il baissa son épée et attendit qu'un des hommes qui approchaient soit assez près, puis il fit un pas en avant et balança son épée dans un mouvement ascendant. La lame grinça contre la cuirasse de son adversaire et heurta son heaume, rebondissant et envoyant de puissantes vibrations dans le bras de Caden.

— Nous sommes en infériorité numérique, mais nous ne tomberons pas sans combattre ! hurla Burke.

Ces mots renforcèrent l'esprit de Caden, et il s'avança, s'accrochant au bras de son adversaire et le faisant pivoter. Il lui donna un coup de pied dans la poitrine, le projetant en arrière contre la porte du wagon. Le choc fit claquer les cadenas à répétition contre le cadre métallique, et Caden compara ce son au fracas des armes.

Il pivota pour faire face à un autre ennemi et vit l'un de ses compagnons se faire abattre. L'homme ne portait pas son heaume, et sa tête s'ouvrit lorsqu'une silhouette en armure sombre le frappa de côté. Caden n'en revenait pas du nombre d'ennemis. Il semblait que leurs rangs déferlaient sans fin du haut de la colline, décimant toute la compagnie de Runesmens de Burke.

— La situation n'a pas l'air très bonne ! cria-t-il à Burke.

Le capitaine ne répondit pas, il continuait simplement à se battre, fendant la horde d'hommes obscurs. Quelque chose de brillant s'embrasa devant, illuminant l'obscurité. Caden tourna son attention vers la lumière et ses yeux s'écarquillèrent. La silhouette d'un homme en robe était au sommet de la colline, et une boule de feu tourbillonnait devant lui. La figure agita son poignet et les flammes dévalèrent la colline, frappant le chariot à côté de la cage.

— De la magie interdite, murmura-t-il.

Si la situation semblait déjà sombre quelques instants auparavant, elle l'était doublement maintenant. Caden n'avait jamais fui un combat auparavant, mais il n'avait participé qu'à quelques batailles insignifiantes. S'il restait pour se battre, il était aussi bon que mort. Il recula de quelques pas, tous ses instincts lui criant de se retourner et de fuir. Mais il ne le fit pas. Pour une raison inexplicable, il resta là, immobile, à regarder. Burke fut abattu, et les Runesmens restants tombèrent rapidement après lui.

Cours ! hurlait-il dans son esprit, mais ses jambes refusaient de lui obéir.

Caden observa les ennemis se détourner des cadavres de ses compagnons et remonter péniblement la colline. Ils l'ignoraient comme s'il n'était même pas là, comme si sa présence était si insignifiante qu'ils n'avaient pas besoin de s'en préoccuper. La vérité devint rapidement évidente, cependant, lorsque la silhouette encapuchonnée créa une autre boule de feu et l'envoya fendre l'air.

Les jambes de Caden se mirent enfin en mouvement, et il recula, sur le point de faire demi-tour lorsque le globe enflammé frappa la porte du wagon. Il y eut une forte explosion et quelque chose de dur et de lourd heurta l'arrière de sa tête. Il s'effondra au sol et sombra dans un océan d'obscurité.

13

Mina était assise par terre, les jambes croisées, les yeux levés vers Copper tandis qu'il relatait les événements du passé. Ses paroles tourbillonnaient autour d'elle, créant des images dans son esprit comme si elle y avait été elle-même.

À cette époque, la relation entre les humains et les dragons était bien différente de ce qu'elle est aujourd'hui. Nous étions des alliés, même des amis. Dragons et hommes étaient étroitement liés, partageant leurs esprits.

Vraiment ? demanda Mina.

En effet.

Je n'ai jamais entendu ça avant. Jusqu'à ce que je te rencontre, j'ai toujours pensé que les dragons étaient des animaux sans intelligence.

Il y a une bonne raison à cela.

Qui est ?

Copper grogna, un son grondant qui résonnait du plus profond de sa poitrine. Mina sentit le sol trembler sous elle.

Il y a des choses qu'il vaut mieux oublier, dit-il. *Et pourtant, il y a une raison pour laquelle nous nous sommes rencontrés ce jour-là à l'intérieur de la mesa.*

Que veux-tu dire ?

J'hésite à en révéler trop, mais je sens que je dois te dire des choses que tu n'es peut-être pas prête à entendre.

Le visage de Mina se plissa. *Si tu penses que je suis faible, ce n'est pas le cas. Je peux gérer tout ce que tu as à dire.*

Je ne pense pas que tu sois faible. Si c'était le cas, je ne t'aurais pas laissée me trouver. Tu errerais encore dans le désert. Non, jeune fille, tu es forte. Plus forte que tu ne le crois.

Mina sentit une odeur de citron et de clou de girofle.

Alors dis-moi.

Ce que tu es sur le point d'apprendre doit rester secret. Tu ne peux le partager avec personne. Donne-moi ta parole.

Je promets de garder cette connaissance pour moi, dit Mina.

Bien. Il y a longtemps, quand nos deux espèces étaient amies, une division est apparue lorsqu'un roi parmi les humains nommé Maël a décidé d'envahir d'autres terres. Il a essayé de nous utiliser dans son complot. Les anciens parmi les dragons ont refusé, et une querelle a commencé.

Mina savait, de par son expérience auprès de Lord Klodian et des autres nobles, qu'ils étaient toujours en compétition pour la suprématie les uns sur les autres. C'était presque comme si c'était dans la nature humaine de vouloir plus pour le simple fait d'avoir.

Les dragons et les humains sont-ils entrés en guerre ?

Presque, répondit Copper. *Mon espèce a pu éviter une telle catastrophe.*

Comment ?

Nous avons utilisé la magie.

Les dragons peuvent utiliser la magie ?

Oui. Nous avons été formés de magie au début des temps, donc nous pouvons l'utiliser. Les plus grands et les plus forts de chaque couleur se sont rassemblés et se sont sacrifiés pour alimenter un sort si puissant qu'il est toujours en place aujourd'hui.

Quel était ce sort ?

Je ne connais pas son nom, mais il a fait oublier à toute l'humanité que les dragons étaient des alliés. C'est tout ce qu'il était censé faire, mais il a aussi fait oublier aux humains que nous étions des créatures intelligentes.

Et moi ? demanda Mina. Comment se fait-il que je n'aie pas oublié que tu peux parler ?

Une fois qu'un humain apprend la vérité, le sort n'a plus d'emprise sur lui.

Mina réfléchit au récit de Copper. Elle trouvait difficile à croire que les dragons et les humains aient été autrefois amis. L'effet involontaire du sort répondait à beaucoup de questions, mais en soulevait aussi beaucoup d'autres.

Tu es confuse à propos de quelque chose. Qu'est-ce que c'est ?

Je ne comprends pas pourquoi les dragons voulaient que nous oubliions notre alliance.

Nous ne voulions pas être utilisés comme des armes. Nous sommes bien plus que ça.

Tu dis 'nous'.

Oui.

Pourquoi ?

Il y eut une pause, et Copper exhala un long souffle par ses narines.

J'étais là quand c'est arrivé.

Les yeux de Mina s'écarquillèrent. *Comment est-ce possible ? Cela ferait de toi...*

Plus de mille ans.

J'allais dire ancien.

Mina gloussa, mais Copper grogna d'agacement.

J'ai vécu une longue vie et vu beaucoup de choses, mais je n'ai jamais vu un humain avec une écaille de dragon dans sa chair. J'ai longuement réfléchi à la façon dont elle pourrait être retirée, mais je crains de ne pas avoir trouvé de réponse. Peut-être que mes frères trouveront la solution.

Étais-tu ami avec des humains à cette époque ?

Je l'étais. Un de mes plus proches amis était un humain.

Que lui est-il arrivé ?

Il est mort en luttant contre la tyrannie. Quand Maël a commencé son invasion, il a massacré des innocents. Les dragons et les humains qui étaient liés ont lutté contre lui. C'est ce qui a conduit à la division entre les couleurs de dragons également. Les dragons chromatiques se sont rangés du côté de Maël, affirmant qu'il était juste d'étendre notre royaume.

Copper renifla.

Il n'y a pas de justice dans le meurtre, seulement des ténèbres et du mal. Après que le sort a été lancé, les dragons chromatiques ont cessé de nous parler et ont disparu. Le reste de mes frères et moi sommes venus dans le désert pour essayer d'oublier le passé. Jusqu'à ce que Lord Klodian commence à nous traquer, nous avions trouvé la paix et la solitude.

Mina ne savait pas quoi dire, alors elle resta silencieuse. Les dragons et les humains avaient autrefois été amis. Cette pensée lui embrouillait encore l'esprit. Elle avait détesté les dragons pendant la majeure partie de sa vie. L'idée que l'un d'eux puisse être son ami semblait si... étrange. Blasphématoire, même.

Tu étais lié à ton ami humain, n'est-ce pas ?

Oui. Nous partagions nos pensées et nos désirs l'un avec l'autre. Nous formions une équipe sans rivaux. Nous avons combattu ensemble jusqu'au jour où il est tombé.

Quel était son nom ?

Lucius. Copper cligna des yeux, et Mina jura avoir vu ses yeux s'humidifier. *Cela fait de nombreuses années que je n'ai pas prononcé son nom.*

Je suis désolée, dit Mina.

L'émotion derrière les mots de Copper était si forte qu'elle semblait être une chose palpable qu'elle pouvait toucher. Elle ne savait pas pourquoi elle s'excusait auprès du dragon. Peut-être était-ce le sentiment de tristesse qu'il lui inspirait. Ou peut-être était-ce le sentiment de perdre quelqu'un de proche qui résonnait en elle. Elle avait perdu ses parents, ses amis et toute sa vie lorsqu'elle était tombée dans ce nid de dragon des années auparavant.

Le crépuscule approche. Tu devrais partir. Le désert n'est pas un endroit sûr pendant la nuit.

Ta préoccupation est touchante, mais je peux prendre soin de moi-même.

Cela reste à voir, mais je ne doute pas de ta confiance. Je dois rencontrer mes frères de toute façon, donc je ne peux pas rester avec toi.

Tout va bien. Je dois retourner au château pour essayer de récupérer l'œuf. Avec un peu de chance, je l'aurai pour toi demain.

Copper déploya ses ailes et s'étira.

J'espère que tu réussiras, mais si ce n'est pas le cas, tu es la bienvenue même si tu reviens les mains vides. Je te promets de ne pas te réduire en cendres.

J'apprécie, répondit Mina avec un sourire en coin.

Viens, je vais te ramener au pied de la mesa.

Essaie juste de ne pas m'arracher les bras, tu veux bien ?

Je ne garantis rien.

Mina se leva et épousseta l'arrière de son pantalon, puis leva les bras. Copper battit des ailes, s'élevant dans les airs à quelques pieds au-dessus d'elle. Ses griffes encerclèrent ses bras et il l'emporta de la mesa. L'estomac de Mina se noua, mais elle trouva ce court vol exaltant. Une fois de nouveau en sécurité sur le sol, elle dégagea ses cheveux de son visage et leva les yeux vers le dragon.

Bonne chance, dit Copper.

Merci. Je pense que j'en aurai besoin de chaque once.

Ils restèrent silencieux jusqu'à ce que Mina trouve cela gênant. Elle s'éclaircit la gorge.

Je te verrai demain, alors.

Au revoir, Mina.

Copper s'élança dans le ciel, prenant de l'altitude avant de se diriger vers le sud et de disparaître au-dessus de la mesa. Mina retourna auprès de Tempest. Le cheval piaffait impatiemment.

— Je suis désolée, dit-elle. Je ne voulais pas prendre autant de temps. Tiens.

Elle plongea la main dans le sac accroché à la selle et en sortit une pomme qu'elle offrit à l'animal. Tempest hennit doucement et la mangea, lui léchant la main au passage.

— Beurk.

Elle s'essuya la main sur son pantalon et grimpa en selle, puis fit faire demi-tour à

Tempest et pressa le cheval en avant. Tout en chevauchant, elle repensa à l'histoire de Copper. S'il pouvait l'aider à trouver un moyen de retirer l'écaille, alors peut-être changerait-elle d'avis sur les dragons.

Peut-être pourrait-elle même se lier d'amitié avec l'un d'entre eux.

14

Lorsque Caden reprit conscience, ce fut avec des étoiles explosant devant ses yeux et le pire mal de tête qu'il ait jamais eu. L'aube pointait à l'horizon, et il se demanda combien de temps il était resté inconscient.

Il était allongé face contre terre, sa joue gauche pressée contre le sol. Quelques cailloux s'enfonçaient dans sa peau, et il pouvait dire que sa bouche était restée ouverte un bon moment à en juger par sa sécheresse. Alors qu'il luttait pour se relever, une douleur fulgurante lui traversa l'arrière de la tête et le cou.

— Dieux, haleta-t-il.

Caden se remit sur pied et observa les alentours. Des corps jonchaient le sol, un mélange d'amis et d'ennemis. Les chevaux qui avaient été attelés au chariot et au fourgon avaient disparu. Sa première pensée fut de chercher des survivants, mais d'abord, il avait besoin d'eau. Il marcha d'un pas mal assuré vers les restes du chariot et fouilla les débris jusqu'à ce qu'il trouve une gourde.

Ouvrant le bouchon, il but avidement. Le liquide frais apaisa sa bouche et sa gorge desséchées, mais son mal de tête persistait. Caden s'appuya contre le fourgon et attendit que sa vision devienne totalement claire, puis entreprit de fouiller le camp détruit. Leur ennemi avait frappé dur et vite, mais ils n'avaient pillé aucune de leurs provisions.

Cela indiqua à Caden que leur intention avait été uniquement de tuer. Il but encore un peu d'eau et gravit péniblement la colline. Il y avait plus de corps au sommet, mais c'étaient tous des hommes de Lord D'Lance. À quelques centaines de mètres devant, un vieux bâtiment de pierre surgissait du paysage. Il était abandonné, et à en juger par la végétation envahissante, la nature faisait de son mieux pour reprendre possession des lieux.

Il supposa que c'était là qu'ils allaient laisser le dragon, mais cela n'avait aucun sens. Rien n'en avait à ce stade. Caden fixa la structure en silence, essayant de rassembler les pièces du puzzle. Un mouvement dans les arbres fit bondir son cœur dans sa poitrine. L'ennemi était-il revenu pour l'achever ?

Un cheval apparut, hennissant doucement. Les lanières de cuir qui avaient attaché l'animal au fourgon étaient présentes et pendaient mollement sur ses flancs.

— Une petite bénédiction, murmura Caden.

Lord D'Lance devait savoir ce qui s'était passé ici. Un autre groupe d'hommes devrait sécuriser le fourgon et amener le dragon à sa prison. Caden s'approcha du cheval et saisit une des lanières de cuir, puis guida l'animal en bas de la colline. Étrangement, il trouva plus difficile de descendre la colline que de la monter.

Il regarda le fourgon et s'arrêta. La porte gisait au sol, et l'intérieur était vide. Le dragon s'était échappé. Caden se dépêcha autant qu'il le put pour le reste de la descente et attacha le cheval au timon qui était toujours fixé au fourgon. Il réalisa que la porte avait dû être soufflée par la boule de feu qui l'avait frappée. C'était probablement ce qui l'avait touché et assommé.

Il lui semblait suspect que leurs ennemis aient su qu'ils seraient là. Avaient-ils su qu'ils transportaient un dragon ? Et si oui, l'avaient-ils ramené au Dominion de Lord Culver ?

Cette dernière pensée semblait peu probable. Ils auraient emporté le fourgon. Il y avait trop de questions, et elles ne faisaient qu'aggraver son mal de tête.

Un gémissement attira son attention et il se dirigea vers le son. Partiellement couvert par la porte du fourgon se trouvait le Capitaine Burke. Caden retira la plaque de métal de l'homme et l'examina. Le capitaine était blessé. Bien que ses blessures ne semblaient pas mortelles, il ne serait pas capable de marcher seul. Caden s'agenouilla à côté de lui.

— Monsieur ? Vous m'entendez ?

Burke hocha légèrement la tête, grimaçant de douleur.

— J'ai trouvé un des chevaux, et je vais vous mettre dessus. Ça va probablement faire mal.

— Finissons-en, siffla Burke.

— Oui, monsieur.

Caden glissa un bras sous le cou de Burke et le souleva en position assise. La mâchoire de Burke était fermement serrée, et Caden enleva rapidement l'armure de l'homme et la mit de côté. Il n'était pas sûr que sa propre armure le gênerait, mais il retira quand même la cuirasse et souleva le capitaine du sol.

Malgré sa petite taille, l'homme était plus lourd qu'il n'y paraissait. Les muscles de Caden brûlaient alors qu'il portait Burke jusqu'au cheval. Il ne savait pas trop comment il allait le hisser sur l'animal, alors il grogna une excuse au capitaine et le lança pratiquement en l'air. Burke aida en s'agrippant au pommeau de la selle, et entre leurs deux efforts, ils parvinrent à le mettre sur le dos du cheval et à peu près dans la selle.

Une fois Burke installé, Caden tourna son attention vers la porte du fourgon. Elle n'était pas excessivement lourde, et il avait une idée. Il coupa quelques-unes des lanières de cuir du timon et les attacha ensemble, puis lia une extrémité à la selle et l'autre à la porte. Il posa l'armure de Burke dessus, ainsi que la sienne, et tira le corps d'un de leurs ennemis dessus. Maintenant, ils avaient la preuve de qui les avait attaqués, et Lord D'Lance pourrait faire ce qu'il voulait de cette information.

Tout cet effort intensifia son mal de tête et il dut se reposer un moment pour ne pas s'évanouir. Il but régulièrement l'eau de la gourde qu'il avait trouvée jusqu'à ce qu'elle soit vide, puis saisit les rênes et commença le voyage de retour au château. Burke oscillait entre conscience et inconscience, ce qui força

Caden à se fier à son vague souvenir de la route qu'ils avaient empruntée.

Ses forces l'abandonnèrent plusieurs fois, et il s'effondra au sol, attendant que ses muscles se sentent assez reposés pour continuer. Caden perdit toute notion du temps, mais il savait qu'il progressait car il commençait à reconnaître des points de repère qu'il avait vus. Au moment où le château apparut, le soleil était haut dans le ciel.

— Nous y sommes, dit Caden, reconnaissant à peine sa propre voix rauque.

Il regarda par-dessus son épaule et vit que Burke était affalé en avant sur la selle. Une traînée de sang coulait de sa jambe le long du flanc du cheval, et Caden craignit que le capitaine ne soit mort. Les yeux de Burke s'entrouvrirent.

— Trouvez Angus, dit-il faiblement.

Caden ne désirait rien de plus que de s'allonger et fermer les yeux, mais il savait qu'ils mourraient probablement tous les deux s'il faisait cela. Il se poussa à continuer, comptant ses pas comme moyen de se concentrer sur autre chose que la douleur. Ils atteignirent les portes et les gardes de service se précipitèrent à leur aide, l'un d'eux sprintant pour trouver le commandant.

Peu après, la cour grouillait d'activité. Les dirigeants exigeaient de savoir ce qui s'était passé, promettant des représailles. Caden essaya de relater les événements, mais le chaos était trop important. Il s'effondra d'épuisement et fut emmené à l'infirmerie. Heureusement, les guérisseurs empêchèrent quiconque de les déranger et Caden put reposer à la fois son corps et son esprit. Il somnolait continuellement jusqu'à ce qu'il entende les pas puissants de bottes.

Le Commandant Morin était arrivé, et Lord D'Lance était avec lui. Ils parlèrent d'abord avec les guérisseurs, puis vinrent se tenir près de son lit.

— Racontez-moi tout, exigea Lord D'Lance.

15

Mina arriva au château de Klodian juste au moment où le soleil descendait. Elle mit pied à terre et conduisit Tempest vers l'écurie. Aram travaillait encore et, lorsqu'il la vit, il prit les rênes et mena l'animal à l'intérieur.

— Je commençais à m'inquiéter, dit-il.

— Tu t'inquiétais pour moi ?

— Non, je m'inquiétais pour Tempest. Une fois que les portes se ferment à la tombée de la nuit, il n'y a plus moyen d'entrer. Je ne voulais pas qu'elle soit coincée dehors toute la nuit.

— Je ne laisserais pas ça arriver, répondit Mina. Et même si c'était le cas, je prendrais soin d'elle.

— Quoi qu'il en soit, j'aimerais que tous mes chevaux soient rentrés avant la nuit. Je ne pose de questions à personne, mais si tu ne peux pas respecter mes règles, je devrai informer Lord Klodian de tes sorties hors du château. Où vas-tu, d'ailleurs ?

— Je me promène simplement. Ça me détend.

Aram la dévisagea, et elle crut qu'il allait poursuivre la conversation. Au lieu de cela, il haussa les épaules et la chassa de l'écurie. Mina entra dans le château et s'arrêta à la salle à manger pour voir s'il restait de la nourriture. Elle parvint à rassembler suffisamment de restes pour faire un repas complet et l'emporta dans sa chambre.

Elle devait retrouver Thais à minuit, et elle était complètement épuisée. Elle était tentée d'envoyer un message au Runesman pour lui dire qu'elles essaieraient plutôt le lendemain soir, mais apporter l'œuf à Copper était trop important. Cela garantissait qu'il l'aiderait à trouver un moyen de retirer l'écaille, et c'était ce qu'elle voulait par-dessus tout. Le sommeil devrait attendre.

Mina entra dans sa chambre et s'assit sur le lit tout en dévorant son repas. Elle se demanda si Thais avait trouvé une diversion appropriée. Sinon, elles devraient simplement improviser. Et puis il y avait le problème du mystérieux couple qui cherchait à renverser Klodian. Mina décida de laisser ce problème à Thais. Elle avait déjà assez à faire avec le vol de l'œuf.

Après avoir fini de manger, elle s'allongea et fixa le plafond. Son estomac était plein, et sa fatigue semblait s'intensifier. Elle bâilla et lutta pour garder les yeux ouverts, mais s'endormit quand même. Elle se réveilla en sursaut d'un cauchemar et regarda vers la fenêtre. Il faisait nuit.

— Bon sang, marmonna-t-elle.

Un coup d'œil à la clepsydre révéla qu'il était un peu plus de minuit. Mina jura et se leva précipitamment du lit, se ruant hors de la chambre et à travers les couloirs. Le château était calme, et Mina ne rencontra personne à part quelques gardes qui faisaient leur ronde. Ils s'intéressèrent à elle jusqu'à ce qu'ils réalisent qui elle était, puis ils l'ignorèrent et vaquèrent à leurs occupations.

Mina quitta le château et regarda autour de la cour. Elle ne vit pas Thais. La femme s'était probablement lassée de l'attendre et était retournée aux baraquements.

— Par ici ! chuchota durement une voix.

Mina scruta les ombres qui voilaient le côté du château. Cachée parmi elles se trouvait Thais. Elle s'avança dans la lumière et fronça les sourcils.

— Tu es en retard.

— Désolée. Je me suis endormie.

— Ça doit être agréable. On le fait toujours ou pas ?

— Oui, bien sûr. J'aime bien la robe de servante que tu portes. Ça devrait nous aider à éviter toute attention indésirable. Elle a une capuche ?

En guise de réponse, Thais tendit le bras en arrière et tira une capuche sur sa tête, cachant son visage.

— Suis-moi, dit Mina.

Elle guida Thais dans le château, gardant un rythme rapide. Au lieu d'avancer à travers le labyrinthe de couloirs, elle tourna à gauche et se dirigea vers l'escalier qui menait au niveau inférieur du château.

— Es-tu déjà allée au donjon ?

— Non, répondit Thais.

— La pièce dans laquelle nous devons entrer est juste avant le donjon, donc il y aura probablement quelques gardes. Qu'as-tu prévu comme diversion ?

— J'y travaille encore. Tu ne m'as pas laissé beaucoup de temps pour me préparer, et mes pensées ont été préoccupées par mes devoirs.

— Tant que personne ne me voit entrer dans la pièce, tout devrait bien se passer. Tu dois juste détourner l'attention de moi.

— Pendant combien de temps ? demanda Thais.

— Quelques minutes. Je sais que l'œuf est là-dedans, je ne sais juste pas exactement où il est gardé.

— Quel œuf ?

Mina retint son souffle, réalisant son erreur. Elle ignora la question et continua à descendre les escaliers. Elles atteignirent le bas et Thais la regarda avec expectative.

— Je te l'ai déjà dit, je t'expliquerai tout si on réussit.

— Ouais, ouais. Par où ?

Deux couloirs partaient du palier, l'un à gauche et l'autre tout droit.

— Je ne suis pas sûre où mène celui-là, dit Mina en montrant le corridor de gauche. On va par là.

Elles continuèrent tout droit et Mina se figea quand elle entendit des voix. Il n'y avait aucun signe de présence devant elles, et elle réalisa rapidement que les voix venaient de l'une des pièces. Mina fit signe à Thais de la suivre, et les deux marchèrent silencieusement.

— Des changements arrivent dans le Thophate, que cela vous plaise ou non. Si vous voulez en faire partie, vous feriez bien de vous aligner avec les bonnes personnes.

Mina reconnut la voix comme celle de l'homme qu'elle avait entendu parler de renverser Klodian. Son cœur se mit à battre la chamade, et elle se tourna vers Thais.

— C'est l'un d'eux, chuchota-t-elle.

— Qui ?

— Les deux personnes dont je t'ai parlé qui ont mentionné l'espion. C'est l'homme.

— À qui parle-t-il ? demanda Thais.

— Je ne sais pas.

Mina s'approcha de l'embrasure de la porte et inclina lentement la tête pour regarder à l'intérieur. La porte était entrouverte, mais pas assez pour qu'elle puisse voir l'homme qui parlait.

— Vous avez dit que Lord D'Lance a des preuves d'un crime. De quel crime parlez-vous ? C'était la voix du Capitaine Eduard.

Mina et Thais échangèrent des regards.

— Trahison envers le Haut Prince, répondit l'homme. Lord Klodian est impliqué dans un complot avec Lord Culver. Ils cherchent à déclencher une guerre.

— De quoi parle-t-il ? fronça les sourcils Thais. Lord Klodian ne complote rien.

— Pas que l'on sache, dit Mina. Il est absent depuis un moment maintenant.

— Il n'est pas au château ?

— Si, mais il est enfermé dans sa chambre personnelle, coupé de tout. Je ne l'ai pas vu depuis qu'il m'a accordé ma liberté.

— Cela ne signifie pas qu'il soit impliqué dans quoi que ce soit de louche.

— Pas nécessairement, mais qui peut le dire ?

— Ma loyauté va au Dominion, déclara le capitaine Eduard. Peu m'importe qui règne sur son trône.

— Je prendrai cela comme une promesse de soutien, et je veillerai à ce que Lord D'Lance vous récompense pour votre service. Au final, assurer la sécurité du Haut Prince est l'objectif ultime. Je ferai appel à vous quand le moment sera venu. D'ici là, rien ne change. J'apprécie votre temps, capitaine.

Mina saisit le bras de Thaïs et l'entraîna vers la porte de l'autre côté du hall. Elles entrèrent dans la pièce et Mina laissa la porte entrouverte, jetant un coup d'œil dans le couloir. Elle vit le capitaine Eduard sortir de la pièce et fermer la porte derrière lui. Il se dirigea vers les escaliers, l'air préoccupé.

— Je ne pense pas que le capitaine soit ravi de ce qu'on lui a dit, dit Mina.

— Ce n'est pas surprenant. Il est loyal au Dominion, mais il est aussi loyal à Lord Klodian. Je ne sais pas ce que notre homme mystérieux mijote, mais ça ne peut pas être bon.

— Il va renverser Lord Klodian, mais on dirait que quelqu'un d'autre est derrière tout ça. Qui est Lord D'Lance ?

— C'est le plus haut gradé parmi les Seigneurs du Dominion. Il commande plus de soldats que quiconque à part le Haut Prince lui-même. Y a-t-il quelqu'un d'autre dans cette pièce avec lui ?

— Je ne suis pas sûre, répondit Mina. Je n'ai entendu que le capitaine Eduard.

— Nous devrions le confronter, découvrir ce qui se passe.

— Non. Nous devons nous en tenir au plan.

— Les plans changent, dit Thaïs d'un ton enjoué. Nous pouvons démêler tout ça maintenant.

Avant que Mina ne puisse argumenter, Thaïs ouvrit la porte et traversa le hall.

— Arrête !

Thaïs ne lui prêta aucune attention. Elle poussa l'autre porte et entra. Il y eut un cri, suivi d'un fracas. Mina déglutit et jeta un coup d'œil dans le couloir en direction du donjon, craignant que les gardes ne viennent enquêter. Le silence s'installa dans le hall, et aucun garde ne vint. Thaïs apparut dans l'embrasure de la porte.

— Entre ici, dit-elle.

Mina traversa rapidement le hall et la suivit dans la pièce. Un homme était étendu sur le sol, inconscient.

— Qu'as-tu fait ? demanda Mina.

— Je protège Lord Klodian. Si cet homme est un espion, nous pourrons obtenir les réponses dont nous avons besoin.

— Comment ?

Thaïs sourit d'un air narquois. — En le torturant, bien sûr.

Mina regarda tour à tour l'homme à terre et Thaïs. Elle avait le sentiment désagréable qu'elle n'allait pas mettre la main sur l'œuf ce soir.

— Son amie va s'apercevoir de sa disparition. La femme.

— Alors nous laisserons une note pour elle disant qu'il a dû partir. C'est important. Plus important que ton œuf, quoi que ce soit. À moins que tu ne veuilles en révéler les détails maintenant ?

Mina se mordilla la lèvre inférieure. Elle avait besoin de l'aide de Thaïs pour obtenir l'œuf, mais elle ne lui faisait pas assez confiance pour lui dire quoi que ce soit. Il y avait aussi le fait que malgré son comportement amical, Copper pouvait simplement l'utiliser. Et il y avait Lord

Klodian, le seul homme assez fort pour tuer un dragon seul. Il se passait trop de choses.

— Je t'aiderai si tu jures que nous irons chercher l'œuf demain soir.

— Nous irons. Sur ma parole de Runesman.

— Très bien. Mina baissa les yeux vers l'homme. Que fait-on de lui ?

16

Après que Caden eut relaté le peu dont il se souvenait de l'attaque, Lord D'Lance et le Commandant Morin le laissèrent se reposer. Une guérisseuse s'approcha de son lit, souriant chaleureusement. Elle portait une robe blanche et avait des yeux bleus saisissants.

— Comment vous sentez-vous ? demanda-t-elle.

— J'ai un mal de tête lancinant, répondit-il.

— Vous avez subi un traumatisme crânien. Et vous avez aussi été brûlé. C'est un miracle que vous ayez survécu, sans parler du fait que vous ayez pu revenir au château.

Caden fut surpris par ses paroles. Il se sentait mal en point, mais il n'avait pas pensé que ses blessures auraient pu le tuer. Il se considéra chanceux.

— J'ai un baume qui va aider pour la brûlure, mais son application va vous faire mal.

— Je pense pouvoir le supporter.

La guérisseuse l'aida à se tourner sur le côté, puis ses mains douces touchèrent délicatement sa peau. Une vague de douleur le submergea, et ses yeux se révulsèrent. Quand il reprit conscience, il était de nouveau allongé sur le dos. La douleur de la brûlure avait diminué, mais son mal de tête restait le même, une pulsation constante à l'arrière de son crâne.

— Soldat.

C'était Burke.

Caden se redressa et vit que le capitaine était à quelques lits de là, dans la même rangée que lui.

— Monsieur ?

— Merci d'avoir sauvé ma vie.

— Je n'ai fait que mon devoir, monsieur.

— Peut-être, mais peu d'hommes ont montré la force de caractère dont vous avez fait preuve. J'ai vu l'arrière de votre tête et j'ai cru que vous alliez mourir. Je suis heureux de voir que vous êtes toujours là.

— Il en faudra plus qu'une blessure à la tête pour m'abattre, monsieur, dit Caden.

Burke rit, puis resta silencieux un long moment.

— Vous avez fait plus que ce que je pouvais attendre, mais j'ai bien peur de devoir vous en demander davantage.

— Que voulez-vous que je fasse ?

Burke jeta un coup d'œil aux guérisseurs dans la pièce. — Je vous le dirai ce soir.

À en juger par le comportement du capitaine, Caden savait que cela devait être quelque chose de secret. Maintenant que sa curiosité était piquée, il était impatient que le temps passe. Il se recoucha et essaya de se reposer, mais son esprit était trop en alerte. Il repassa les événements de la veille dans sa tête. L'homme en robe qui avait lancé les boules de feu utilisait de la magie. Une magie interdite par décret du Haut Prince.

Si Lord Culver essayait vraiment de provoquer une guerre, ses actions de la nuit dernière en seraient certainement le catalyseur. Caden se rappela ce que Thais lui avait dit, à propos de son père tué au combat. Lord Culver l'avait traité d'échec et avait banni Thais et sa mère de son Domaine. Cet homme était un monstre sans foi ni loi.

Les heures passèrent de façon monotone, à l'exception des guérisseurs qui venaient appliquer le baume sur sa brûlure ou lui apporter à manger. Son mal de tête finit par s'atténuer pour ne devenir qu'une légère pulsation, et il passa une partie du temps à nettoyer la saleté sous ses ongles. Alors que la lumière du soleil qui entrait par les fenêtres commençait à faiblir, l'une des guérisseuses vint le voir.

— Étant donné la nature de vos blessures, nous allons vous garder ici pour la nuit. Nous ne nous attendons pas à ce que vous ayez des problèmes, mais il y aura quelqu'un de garde. Si vous commencez à vous sentir mal de quelque façon que ce soit, sonnez la cloche près de la porte.

— Merci, dit Caden. Pensez-vous que je pourrai partir demain matin ?

— Ça reste à voir. Nous ne voulons pas que vous aggraviez vos blessures, donc nous allons prendre les choses un jour à la fois.

Bien que Caden n'aimât pas l'idée de rester allongé pendant des jours, il ne voulait pas non plus perturber sa guérison. Il regarda la guérisseuse quitter l'infirmerie, puis tourna son attention vers Burke. Le capitaine avait les yeux fermés et semblait dormir. Une fois que la nuit fut complètement tombée, Burke l'appela par son nom.

— Venez ici.

Caden se leva doucement du lit et marcha lentement jusqu'à Burke. Le torse du capitaine était enveloppé de bandages. Une tache de sang perçait au niveau de ses côtes, mais pas suffisamment pour s'inquiéter.

— Je ne peux pas beaucoup bouger, dit Burke. Sommes-nous seuls ?

Caden ne voyait personne, mais il fit le tour de la pièce juste pour être sûr.

— C'est bon.

— Bien. J'ai besoin que vous retourniez sur le site de notre attaque et que vous cherchiez quelque chose d'inhabituel.

Caden fronça les sourcils, ce qui provoqua une brève douleur dans son cou.

— J'ai besoin que vous me fassiez confiance. Quelque chose ne va pas dans cette embuscade.

— Que voulez-vous dire ? Lord Culver n'essaie-t-il pas de déclencher une guerre ? Nous attaquer attirerait la colère de Lord D'Lance sur lui, ce qui mènera probablement à la guerre. Il a signé son propre arrêt de mort.

— C'est là le problème, dit Burke en baissant la voix. Je ne pense pas que Lord Culver soit derrière tout ça.

— Pourquoi pas ?

— J'ai servi sous les ordres de Lord Culver pendant un moment avant d'être transféré ici il y a quelques années. Lord Culver est l'un des hommes les plus honorables que j'aie jamais connus. Quand j'ai vu son emblème sur l'armure des soldats qui nous ont attaqués, ça ne m'a pas semblé juste.

— Les gens changent, répondit Caden. Il n'est peut-être plus l'homme que vous avez connu.

— Les gens *peuvent* changer, mais je ne pense pas que Lord Culver deviendrait un tyran. Son Domaine est le plus proche du

Haut Prince et a longtemps été convoité par les autres Seigneurs de Domaine.

Il ne nomma personne en particulier, mais Caden comprit l'allusion.

— Pourquoi Lord D'Lance voudrait-il le Domaine de Culver ? Il a plus de soldats et de terres ici.

— Ce n'est pas une question de taille, mais d'emplacement. Le Domaine de Lord Culver est la seule chose qui se dresse entre une armée et le Haut Prince.

— Si quelqu'un voulait attaquer le Haut Prince, il devrait d'abord traverser tous les Domaines, argumenta Caden. Il n'irait pas bien loin.

— À moins que l'attaquant ne soit un Seigneur de Domaine.

Caden ouvrit la bouche pour répondre et s'arrêta. Le capitaine avait un point valable.

— Vous pensez que Lord D'Lance essaie de faire croire que Lord Culver sème le trouble pour pouvoir prendre le contrôle de son Domaine ?

Burke hocha la tête en silence.

— Dans quel but ?

— Qui sait, bien que j'aie mes soupçons, répondit Burke. Notre loyauté va à notre Seigneur de Domaine, mais en fin de compte, elle repose sur le Haut Prince. S'il n'y a rien sur le site de l'embuscade qui indique que ce que je dis est vrai, alors nous n'avons rien à craindre. Cependant, s'il y a quelque chose, alors je crains que nous devions immédiatement prévenir le Haut Prince.

Caden convint que le tableau que Burke dépeignait était inquiétant.

— Y a-t-il quelque chose de spécifique que je devrais chercher ? Et qu'en est-il du dragon ? Et s'il était encore là-bas ?

— Le dragon sera parti depuis longtemps, j'en suis sûr. Vérifie simplement les corps. S'il s'agit vraiment des Runistes de Lord Culver, ils porteront sa rune. C'est la seule chose à laquelle je peux penser.

— J'irai dès demain matin, dit Caden.

— Non, tu dois partir ce soir. Si j'ai raison, alors le temps est quelque chose dont nous manquons cruellement.

— Ce soir ? J'ai à peine réussi à marcher droit jusqu'à ton lit. Il n'y a aucun moyen que je puisse aller aussi loin à pied.

— Tu n'auras pas à le faire.

Burke tendit la main et montra une petite épingle. L'emblème de Lord D'Lance était gravé sur le devant.

— Ceci te donnera accès à tout ce dont je dispose en tant que capitaine, y compris un cheval. Cela te permettra d'y aller et de revenir avant le matin.

Caden eut l'impression de travailler en quelque sorte dans le dos de Lord D'Lance. L'homme l'avait accepté et lui avait même offert l'opportunité de gagner la gloire et la fortune qu'il désirait.

— Je ne sais pas si je peux faire ça, dit Caden.

— Il n'y a personne d'autre. Nous étions les seuls à avoir vu ce qui s'est passé et à avoir survécu. Je ne peux pas marcher du tout, donc ça doit être toi.

Caden voulait dire non. Il voulait oublier tout ce que Burke lui avait dit et servir Lord D'Lance sans poser de questions. Mais il ne pouvait pas, pas tant que son esprit ne serait pas apaisé des doutes que Burke avait instillés.

Caden prit l'épingle.

17

Après que Mina et Thais eurent ligoté et bâillonné leur prisonnier, elles l'avaient discrètement emmené dans l'une des cellules du donjon pour le garder en sécurité. Thais avait rédigé une lettre puisqu'elle savait écrire, et Mina l'avait remise à la partenaire de l'homme, la glissant sous la porte de leur chambre.

Mina n'était pas certaine que la femme croirait que son complice avait été soudainement appelé ailleurs, mais Thais l'avait convaincue que c'était l'excuse la plus logique pour son absence. Elle avait ensuite aidé Thais à sortir du château et était retournée dans sa chambre où elle avait réussi à dormir quelques heures.

Une faible lumière brillait à travers ses fenêtres à l'aube, et elle se força à sortir du lit. Elle n'avait pas besoin de rendre visite à

Copper si tôt, mais elle voulait être sûre de revenir avant la tombée de la nuit. Thais avait mentionné l'interrogatoire de leur prisonnier, mais Mina refusait de faire quoi que ce soit tant qu'elle n'aurait pas l'œuf entre ses mains.

Elle descendit à la salle à manger et prit un petit-déjeuner rapide, puis se dirigea vers l'écurie. Aram était absent, mais un homme plus jeune était là, en train de nettoyer les stalles. Mina demanda Tempest, et l'homme lui remit le cheval sans poser de questions. C'était curieux qu'Aram ne travaille pas, mais elle supposa qu'il avait besoin d'une pause comme tout le monde.

Mina laissa le château derrière elle et guida Tempest vers la mesa où elle rencontrait Copper. Elle s'était habituée à sentir constamment sa présence à travers l'écaille. Quelle que soit la distance entre eux, il était toujours là. C'était un autre mystère qu'elle espérait élucider.

Tempest ralentit en atteignant la mesa et commença à hennir, secouant sa tête contre les rênes. Mina caressa le cou du cheval pour le réconforter et scruta le ciel. Au sommet de la mesa, elle pouvait voir la tête de Copper qui la regardait.

Je vois que tu es revenue sans l'œuf, sa voix gronda dans son esprit.

Oui. Les choses ne se sont pas déroulées comme prévu.

Veux-tu que je te fasse monter ici ?

Mina hésita. C'était certainement plus rapide que l'escalade, mais c'était aussi terrifiant. Elle débattait avec elle-même lorsque le rire gloussant de Copper interrompit ses pensées.

Quoi ?

J'avais oublié comment pensent les humains. C'est vraiment divertissant.

Tu peux entendre mes pensées ?

Parfois, répondit Copper. *Quand tu es proche comme maintenant. C'est plus difficile quand tu es plus loin.*

Mina se sentit soudain mal à l'aise. Avait-il entendu toutes ses pensées lors de leur dernière rencontre ? Les entendait-il maintenant ? Elle secoua la tête, essayant de se vider l'esprit, et guida Tempest pour s'arrêter. Elle glissa de la selle et marcha autour du mur de la mesa jusqu'à ce que Tempest ne soit plus visible.

Un bruit de souffle remplit l'air et Copper atterrit sur le sol devant elle. Ses ailes étaient déployées, et alors que Mina s'approchait de lui, elle pouvait voir la lumière traverser la membrane de ses ailes, soulignant les veines et les petites perforations.

Ces trous affectent-ils ta capacité à voler ? demanda-t-elle.

Non.

Comment les as-tu eus ?

Des batailles, principalement.

Avec d'autres dragons ?

Quelques-uns, oui.

Mina tendit les bras et essaya de rester calme. Copper bondit dans les airs et battit des ailes, l'agrippant et la soulevant dans les airs. L'instinct de crier grattait son esprit comme la première fois, mais elle garda la bouche fermée. Ses pieds touchèrent à nouveau le sol et elle poussa un soupir de soulagement. Les ailes de Copper soulevèrent la poussière, faisant tousser Mina lorsqu'elle entra dans son nez et sa bouche. Une fois la poussière retombée, Copper la fixa intensément.

Que s'est-il passé avec l'œuf ?

La personne que j'avais demandé de m'aider a ruiné mon plan. Elle était censée attirer l'attention pour que je puisse entrer dans la pièce et le voler.

Sait-elle ce que tu cherches ?

Non. Mina se souvint de son erreur et se corrigea. *Enfin, je ne pense pas.*

A-t-elle essayé de te saboter ?

Pas intentionnellement. Il y a quelque chose que je n'ai pas mentionné hier. J'ai entendu deux personnes parler de renverser Lord Klodian. Ils ont aussi mentionné qu'un espion était dans le château, et quand je lui en ai parlé, elle voulait découvrir qui ils étaient. Quand nous sommes descendues pour prendre l'œuf, l'un d'eux était là-bas, un homme. Thais l'a assommé et maintenant nous l'avons dans le donjon.

Il semble qu'elle ait des priorités différentes. Est-elle la mieux placée pour t'aider ?

C'est la seule qui puisse *m'aider*, dit Mina. *Je devrai l'aider avant qu'elle ne m'aide, mais elle veut interroger l'homme.*

Quel est le problème ?

C'est une soldate et elle n'est pas autorisée dans le château. J'ai dû la faire entrer en cachette hier soir, mais si elle se fait prendre, elle aura des ennuis et je perdrai mon aide.

Copper émit un bourdonnement. Le son envoya de douces vibrations à travers le sol qui atteignirent les orteils de Mina malgré ses bottes, et cela la chatouilla. Elle changea de position et serra les pieds contre cette sensation.

Peut-être puis-je t'aider, dit-il finalement.
Comment ?

Je peux fouiller son esprit.

Vraiment ?

Nous, les dragons, pouvons faire beaucoup de choses. L'écaille dans ta jambe fournira le moyen, mais tu dois toucher l'homme.

Au fond d'elle-même, Mina se demandait si Copper disait la vérité. Elle faisait plus confiance à Thais qu'au dragon, mais s'il était capable de faire ce qu'il disait, alors ce qu'il apprendrait apaiserait peut-être Thais.

Ça vaut le coup d'essayer, admit-elle.

Quand pourras-tu parler à cet homme ? Je devrai être proche de toi pour que cela fonctionne, et si on me voit près du château en plein jour, il y aura sûrement des problèmes.

Je peux y aller la nuit. Cela marchera-t-il ?

Oui. Il sera plus facile de se cacher dans l'obscurité.

Alors c'est réglé, dit Mina. *J'irai à minuit. La plupart des serviteurs seront endormis, et il ne devrait pas y avoir beaucoup de gardes sur les murs.*

Très bien. Copper leva la tête et renifla l'air, grognant doucement.

Qu'y a-t-il ?

Un ver des sables est proche.

Mina se raidit et regarda autour d'elle.

Tu es en sécurité ici, dit Copper. *Ils ne peuvent pas creuser à travers la roche. C'est curieux qu'il y en ait un si loin de la zone profonde du désert.*

Et mon cheval ?

Copper tourna son regard vers elle.

Tu devrais partir.

Mina déglutit péniblement, submergée par une vague de peur. Elle n'avait aucune idée de ce qu'était un ver des sables, ni à quoi il ressemblait, mais son instinct lui disait qu'elle devait fuir.

Me suivra-t-il ?

S'il capte ton odeur. Tu devras chevaucher vite.

J'espérais passer plus de temps avec toi. J'ai tant de questions.

Tes questions devront attendre, mais j'en répondrai à une sur le chemin.

Copper s'élança dans les airs et Mina tendit les bras, puis elle se sentit tomber vers le sol. Elle lutta pour mettre de l'ordre dans ses pensées mais parvint à choisir la question la plus urgente.

Pourquoi puis-je te sentir dans l'écaille en permanence ?

Ils plongèrent le long de la mesa, et Mina vit la paroi défiler à toute vitesse. Elle était au sol avant même de s'en rendre compte.

Comme tu l'as dit, il y a quelque chose que je ne t'ai pas dit, répondit Copper. *Je reconnais maintenant l'écaille dans ta jambe.*

Tu sais à qui elle appartient ?

Oui.

Dis-le-moi !

L'odeur de lavande emplit ses narines, et elle se demanda pourquoi le dragon avait peur. Il ne pouvait pas avoir peur d'elle, n'est-ce pas ? Ou craignait-il qu'elle ne conduise Lord Klodian jusqu'au dragon ?

Elle est mienne.

Mina resta sans voix. Elle fixait Copper avec des yeux écarquillés. Comment était-ce possible ? La ferme de sa famille était à des kilomètres du château de Lord Klodian. Si les dragons résidaient dans Les Longs Sables, comment l'une des écailles de Copper avait-elle pu se retrouver dans le nid près de la ferme ?

Tu dois partir ! Maintenant !

Le sol trembla sous les pieds de Mina, et elle entendit Tempest hennir d'alarme. Elle sprinta autour de la mesa et vit le sol se soulever alors que quelque chose sous le sable approchait. Les yeux de Tempest étaient fous de terreur.

— Je t'en prie, ne t'enfuis pas, pria Mina en courant vers le cheval.

Elle mit le pied à l'étrier et passait sa jambe par-dessus la selle juste au moment où Tempest s'élançait. Mina s'agrippa aux rênes aussi fort qu'elle le put et essaya de se stabiliser. Copper prit son envol, provoquant un changement de direction chez Tempest. Ils se trouvaient maintenant entre le dragon et le ver des sables.

À gauche ! cria Copper dans son esprit.

Elle tira sur les rênes en réponse, espérant que le cheval obéirait. Tempest suivit sa direction et ajusta sa course. Le ver des sables changea également de direction et brisa la surface du sable. La créature s'éleva dans les airs, les muscles de son long corps ondulant. Elle n'avait pas d'yeux que Mina puisse voir, mais elle avait une énorme bouche circulaire remplie de dents dentelées. Elle se tordit dans les airs vers Mina et Tempest.

Mina hurla.

18

Caden galopait sur la route, monté sur un destrier musclé. Le cheval valait sans doute plus que lui. Lorsqu'il avait demandé au palefrenier un cheval rapide, il ne s'attendait pas à recevoir un animal aussi magnifique. Il *avait* anticipé des questions, mais quand il avait montré l'insigne, personne ne lui avait rien demandé.

Le manque de sécurité était à la fois une bénédiction et une source d'inquiétude. Quoi qu'il en soit, il se demandait constamment pourquoi il acceptait la requête de Burke. Une partie de lui argumentait que c'était parce que Burke était capitaine, et étant son supérieur, Caden devait obéir à l'homme.

Pourtant, il y avait quelque chose dans les paroles de Burke qui dérangeait Caden. Si le capitaine avait raison à propos de l'embuscade et des motifs cachés de Lord

D'Lance envers Lord Culver, alors Caden allait être entraîné dans quelque chose dont il ne voulait pas faire partie. Sauver le Haut Prince d'un renversement, ou pire, lui vaudrait sûrement une récompense, mais rien de ce qui en valait la peine n'était jamais facile, du moins d'après son expérience.

La distance passa rapidement, et lorsqu'il atteignit le campement, il fut déconcerté. Il n'y avait pas de corps, pas de wagon, rien. Il descendit de cheval et fit le tour de la zone. Au-dessus, le ciel était clair et la lune brillait intensément, lui donnant suffisamment de lumière pour voir. Peut-être était-il au mauvais endroit ? Tout semblait pourtant familier, même les marques de brûlure sur le sol et les arbres.

Caden gravit la colline et vit le bâtiment en pierre. Il était au bon endroit. Pourquoi tout avait-il déjà été nettoyé ? Il supposait que Lord D'Lance ne voulait pas que la nouvelle de ce qui s'était passé se répande, mais si les soupçons de Burke étaient fondés...

— J'ai un mauvais pressentiment, marmonna Caden.

Il passa un moment à fouiller la zone, cherchant quelque chose qui aurait pu être oublié par ceux qui avaient nettoyé l'endroit. Son mal de tête revint, et il décida de retourner au château. C'était suspect qu'il ne reste rien, mais il en informerait Burke et laisserait le capitaine décider de ce qu'il voulait faire. Caden avait fait son devoir, et il allait se laver les mains de cette situation et prétendre qu'il n'avait pas de doutes.

Le soleil pointait à l'horizon quand il arriva au château. Il ramena le cheval aux écuries et se précipita vers l'infirmerie, mais s'arrêta quand quelque chose lui vint à l'esprit. Il avait ramené le corps d'un des ennemis. S'il y avait des indices à trouver, peut-être les trouverait-il sur le corps. Il y avait juste un problème. Il ne savait pas où il avait été emmené.

Caden s'éloigna de l'infirmerie et rebroussa chemin, retournant à l'entrée principale. Malgré l'heure matinale, de nombreuses personnes entraient et sortaient du château. Il arrêta quelqu'un sur un coup de tête, montrant nonchalamment l'insigne.

— Peut-être pourriez-vous m'aider. Deux Runiers sont revenus ce matin avec une histoire d'embuscade. Savez-vous de quoi je parle ?

— L'attaque perpétrée par Lord Culver ? Ouais, j'en ai entendu parler. Qui n'en a pas entendu parler ?

— Ils ont ramené avec eux le corps d'un des assaillants. Savez-vous ce qu'ils en ont fait ?

— Il a été exhibé dans la cour plus tôt. Le Commandant Morin a dit que c'était toute la preuve dont nous avions besoin pour mettre fin à la tentative de campagne de Lord Culver contre le Haut Prince. Lord D'Lance a pratiquement déclaré la guerre.

— Savez-vous où est le corps maintenant ?

— À la chapelle, aux dernières nouvelles. Bien que si vous voulez mon avis, aucun de nos ennemis ne mérite des funérailles décentes.

— Où est la chapelle ?

— Elle est du côté ouest du château, près des casernes des soldats réguliers.

Caden remercia l'homme et se précipita dans les couloirs, cherchant frénétiquement la chapelle et priant pour que le corps n'ait pas déjà été enterré. Il entra dans une section séparée du château principal, mais reliée structurellement par un passage couvert. L'air matinal était froid, et il chassa la chaleur que Caden sentait lui monter au visage.

Les portes de la chapelle étaient ouvertes, et il entra. L'intérieur lui rappelait l'infirmerie. Tout était blanc, net et propre.

Des membres du clergé vêtus de robes blanches offraient des prières et parlaient en privé avec des gens. Les bancs étaient vides, et Caden doutait que l'office du matin ait commencé.

Il s'approcha d'une des clercs, une jeune femme aux cheveux bruns courts. Il l'avait d'abord prise pour un homme et avait failli l'appeler « monsieur » avant de se rattraper.

— Bonjour, le salua-t-elle. Comment puis-je vous aider ?

— On m'a dit que le corps d'un soldat a été amené ici. Est-il toujours là ?

— Vous voulez dire le soldat de Lord Culver ou un autre ?

— Oui, c'est celui-là. Est-il toujours ici ?

— Il l'est. Si Lord D'Lance vous a envoyé pour nous dire de nous en débarrasser, dites à votre seigneur que l'Église ne se laissera pas intimider. Nous effectuerons les rituels nécessaires, puis nous l'enterrerons.

Ainsi, Lord D'Lance leur avait dit de se débarrasser du corps. Pourquoi ferait-il cela, à moins qu'il n'y ait quelque chose à cacher ?

— Je suis ici de mon propre chef, répondit Caden. J'ai besoin d'examiner le corps pour... quelque chose.

— Pour quelle raison devez-vous déranger les morts ? Il y a assez de souffrance dans la vie pour que les morts soient laissés en paix.

— Je ne le demanderais pas si ce n'était pas important. S'il vous plaît.

La femme le fixa en silence pendant un long moment, puis hocha la tête.

— Très bien.

Elle le conduisit à l'arrière de la chapelle et à travers une porte qui s'ouvrait sur une grande salle voûtée. Plusieurs corps étaient disposés sur des dalles de pierre, recouverts de fins linceuls blancs.

— Vous avez de la chance que les prières pour les morts n'aient pas commencé, sinon nous ne vous aurions pas laissé entrer ici. C'est celui-ci, dit-elle en s'arrêtant devant l'une des dalles.

Caden tira le linceul. L'armure de l'homme avait été retirée, révélant un visage jeune. L'homme ne devait pas être beaucoup plus âgé que lui. Ses yeux avaient été fermés, et son expression était paisible. Caden souleva sa tête, mais il ne parvenait pas à bien voir la rune, alors il tourna l'homme sur le côté. La rune était identique à celle qu'il avait vue sur l'emblème. Une empreinte de patte griffue entourée d'un soleil flamboyant.

Caden poussa un soupir de soulagement. Burke s'était trompé. C'était bien l'un des hommes de Lord Culver. Il commençait à remettre le corps sur le dos quand il remarqua quelque chose qui recouvrait le bas de la rune. Il se pencha plus près, mais il n'arrivait pas à déterminer ce que c'était, alors il frotta son doigt dessus et le souleva.

— Qu'est-ce que c'est ? demanda la clerc.

— Je pense que c'est de l'encre, répondit-il. Avez-vous un chiffon ?

— Non.

Caden saisit le bord du linceul et essuya la rune avec le tissu. À son grand effroi, l'encre partit immédiatement, révélant une rune différente en dessous. La rune de Lord D'Lance.

— Vous êtes certaine que c'est le même corps qui a été amené ici ce matin ?

— Oui.

— À quel point en êtes-vous certaine ?

Son regard désapprobateur lui dit tout ce qu'il avait besoin de savoir. Il remit le linceul sur le corps et quitta la chapelle, retournant vers le château. Pourquoi l'un des Runiques de Lord D'Lance portait-il une fausse rune ? La réponse flottait dans un recoin de son esprit, mais il ne voulait pas l'accepter. Burke avait eu raison.

Caden se précipita dans l'infirmerie, prêt à dire au capitaine ce qu'il avait découvert. Un groupe de guérisseurs s'était rassemblé autour du lit de Burke, mais il ne pouvait pas voir ce qu'ils faisaient.

— Que se passe-t-il ? demanda-t-il.

— Vous voilà, dit l'un d'eux. Nous vous avons cherché partout.

— Je vais bien. Qu'est-ce qui ne va pas avec le Capitaine Burke ?

La guérisseuse baissa les yeux tristement.
— Il est mort.

19

Tempest se cabra sur ses pattes arrière et Mina faillit tomber de la selle. Elle enroula ses bras autour du cou du cheval et se prépara à mourir.

Un rugissement surnaturel déchira l'air, et Mina regarda avec stupéfaction Copper tomber du ciel. Ses serres lacérèrent le corps charnu du ver des sables, ouvrant de profondes blessures qui se remplirent rapidement de sang noir.

La créature poussa un cri horrible qui fit croire à Mina que ses tympans allaient éclater. Copper enfonça ses serres dans le corps du ver et battit des ailes, éloignant le monstre de Mina et de sa monture.

Fuis ! cria Copper.

Mina lâcha le cou de Tempest et tira sur les rênes, exhortant le cheval à bouger. Au début, elle crut que Tempest n'allait pas lui obéir, mais l'animal recula de quelques pas puis s'élança en direction du château. Mina galopa à toute allure, n'osant pas regarder en arrière, même après avoir atteint le château. Elle savait qu'il était irrationnel de penser qu'elle pourrait voir les deux monstres se battre à cette distance, mais elle était terrifiée.

Elle ramena Tempest à l'écurie et se précipita à travers le château, se réfugiant dans sa chambre où elle laissa les larmes couler librement sur son visage. Ses émotions se mêlaient, la submergeant, et elle s'assit sur le sol près de son lit et sanglota. Elle avait failli mourir, au milieu du désert où personne n'aurait rien vu à part Copper.

Copper.

Il lui avait sauvé la vie. Un dragon, entre tous. Et puis elle se souvint de ce qu'il avait dit. C'était *son* écaille dans sa jambe. Elle considéra les implications et commença à soupçonner que leur rencontre dans la mesa ce jour-là avec Lord Klodian n'était peut-être pas une coïncidence. Cela n'expliquait pas pourquoi Vhan avait été tué par ses semblables, mais cela lui donnait matière à réflexion.

Son attention passa du ver des sables à Copper, et elle parvint à se calmer. Mina essuya les larmes de son visage et se leva, jetant un coup d'œil à la fenêtre. Elle toucha l'écaille dans sa jambe et put sentir la présence de Copper, bien qu'elle ne puisse pas entendre sa voix. Peut-être plus tard, quand il serait assez proche, obtiendrait-elle des réponses à certaines de ses questions.

Pour l'instant, elle devait informer Thais qu'il y avait eu un changement de plans. Mina vérifia son apparence dans le miroir et arrangea ses cheveux, puis quitta sa chambre et se dirigea vers les baraquements. L'endroit était vide, alors Mina parcourut la cour à la recherche de Thais, mais la femme était introuvable. Elle regarda vers les portes, se demandant si elle était en patrouille.

— Mina.

Bien qu'elle ne soit plus une esclave, la voix de Lord Klodian avait toujours le même effet sur elle. Son cœur fit un bond et elle se retourna. Il marchait avec le Capitaine Eduard et lui fit signe d'approcher.

— C'est bon de vous voir, mon Seigneur. Je me demandais quand vous me feriez appeler.

— J'ai été occupé à régler certaines choses, répondit-il.

— Allons-nous à la chasse ? demanda-t-elle.

— Non, je n'ai pas le temps pour ça en ce moment.

Mina fut soulagée d'entendre cela.

— Nous avons un problème. Lord Burgess a disparu, et sa femme est bouleversée. Elle dit avoir reçu une lettre disant qu'il était appelé ailleurs, mais ce n'était pas son écriture. As-tu vu ou entendu quelque chose ?

— Non, mon Seigneur. Peut-être a-t-il demandé à l'un des serviteurs de l'écrire pour lui ?

— Nous avons interrogé les serviteurs, dit Eduard. Tous. À moins que l'un d'eux ne mente, personne n'a été sollicité pour écrire quoi que ce soit pour lui.

— Je vous ferai savoir si j'entends quelque chose, répondit Mina.

Lord Klodian acquiesça, mais Mina remarqua qu'il semblait distrait. Il commença à s'éloigner, puis la regarda.

— Le maître d'écurie m'a dit que tu empruntais un cheval ?

— Oui, mon Seigneur. Les promenades m'aident à me vider l'esprit.

— De quoi ?

— Les dragons. J'ai l'impression de les sentir tout le temps ces derniers temps, depuis que Vhan... Mina s'interrompit, espérant qu'il changerait de sujet.

Lord Klodian s'éclaircit la gorge. — Oui, c'était malheureux qu'il soit tué. Les dragons responsables paieront de leur sang. Lord Klodian balaya la cour du regard. — Garde l'oreille ouverte et fais-moi savoir si tu entends quoi que ce soit sur la disparition de Lord Burgess.

— Je le ferai, mon Seigneur.

Les deux hommes partirent et elle retourna dans sa chambre. Thais n'aimerait pas être mise à l'écart, mais Mina allait devoir laisser Copper sonder l'esprit de Lord Burgess. Maintenant que son absence avait éveillé les soupçons, elle devait se dépêcher. Dans un coin de son esprit, la question de ce qu'elle ferait de lui après l'interrogatoire continuait de la tourmenter. Elle devrait simplement trouver une solution, comme elle l'avait toujours fait.

Quand le soir arriva, Mina faisait les cent pas dans sa chambre. Elle entendait les gens dans le couloir se retirer pour la nuit, et son impatience était difficile à contenir. Il ne s'agissait pas seulement d'obtenir l'œuf. Elle voulait parler à Copper.

Les nuages sont épais ce soir, dit sa voix, interrompant ses pensées. *Cela m'aidera à me cacher.*

Je me demandais si tu allais encore venir, répondit Mina.

J'ai dit que je le ferais, et je suis un dragon de parole.

Est-ce que tu vas bien ? Le ver des sables t'a-t-il blessé ?

Copper rit. *Non, il ne m'a pas blessé. Ils sont peut-être plus gros, mais ce sont des créatures lentes et maladroites comparées à nous, les dragons.*

J'ai cru que j'allais mourir.

Tu aurais pu.

Tu m'as sauvée... pourquoi ?

Copper resta silencieux, et Mina se demanda s'il allait refuser de répondre.

Je ne sais pas comment, mais je crois que toi et moi sommes liés. Je l'ai d'abord ressenti dans la mesa avec mes frères, mais je n'étais pas sûr d'avoir imaginé cette sensation. Chaque fois que nous parlons, je le ressens plus fortement. Quand j'ai vu le ver des sables venir vers toi, je ne pouvais pas te laisser mourir. Ç'aurait été plus facile ainsi, mais ce n'aurait pas été juste.

Quand tu dis liés, que veux-tu dire ? Comme les humains et les dragons d'autrefois ?

Oui.

Mina s'arrêta au milieu de son va-et-vient. Elle n'arrivait pas à y croire. Elle ne voulait pas y croire, et pourtant, cela expliquait sa capacité à sentir les dragons. Ce n'était pas l'écaille elle-même, mais le lien entre elle et Copper qui le permettait.

Je suis tombée sur cette écaille près de la maison de mes parents. Comment se fait-il que ton écaille se soit retrouvée là si tu vis dans le désert ?

Lorsque nous nous accouplons, nous quittons le désert pour trouver des zones plus hospitalières pour nos œufs. La chaleur est trop intense pour les œufs non éclos. Tu as dû tomber dans l'un de mes anciens nids.

Copper était le dragon responsable du changement dans sa vie. Elle avait passé tant d'années remplie de haine, et maintenant qu'elle savait à qui appartenait l'écaille, elle trouvait difficile de s'accrocher à cette haine. Qu'est-ce qui n'allait pas chez elle ? Qu'est-ce qui avait changé ?

Est-ce pour cela que tu avais peur ?

Les dragons ne craignent rien.

Mina sourit. Elle savait bien qu'il ne fallait pas croire cela.

Es-tu près du prisonnier ? demanda-t-il.

Non. J'attends que les serviteurs se retirent. Je devrais pouvoir le voir sans risque d'ici peu. En attendant, peux-tu répondre à quelques questions ?

Je vais essayer.

Puisque nous sommes liés par ce lien, serai-je capable de te parler si l'écaille est retirée ?

Oui, bien que je ne sois pas sûr de comment le lien a été créé au départ. J'ai parlé avec mes frères du retrait de ton écaille, mais il n'y a pas de réponse claire sur la façon de procéder. Je crains que cela puisse te tuer.

Mina ne voulait pas risquer sa vie pour la retirer. Et il ne semblait plus y avoir beaucoup d'intérêt à la retirer maintenant si elle pouvait toujours sentir les dragons. Il devait y avoir un moyen de les bloquer d'une manière ou d'une autre.

Il y en a un, dit Copper. *Je peux te l'enseigner si tu veux.*

J'aimerais bien, répondit Mina. *Ce serait agréable de t'empêcher d'entendre mes pensées personnelles. Certaines choses sont tout simplement privées.*

Elle regarda la clepsydre. Les serviteurs devaient avoir terminé leurs tâches maintenant.

C'est l'heure.

20

Caden était confus.

— Mort ? Comment ?

— Il a succombé à ses blessures il y a peu.

Burke avait été blessé, mais Caden ne pensait pas que la blessure avait été mortelle. Il regarda les guérisseurs soulever le corps du capitaine du lit et le déposer sur une civière, puis ils le transportèrent hors de l'infirmerie. Le groupe de guérisseurs se dispersa, et Caden resta seul, fixant le lit vide.

Quelque chose n'allait pas. Burke allait bien plus tôt. Il s'approcha du lit et remarqua un morceau de parchemin qui dépassait de sous l'oreiller. Griffonnés dessus étaient écrits les mots :

Ne fais confiance à personne.

Il froissa le papier et regarda autour de l'infirmerie. Si Burke avait été tué, c'était probablement sur l'ordre de Lord D'Lance. Du moins, c'était son soupçon. Peut-être que son esprit était embrouillé par les paroles de Burke... mais cela n'expliquerait pas la fausse rune sur le soldat mort. Tout ce que Burke avait dit semblait être vrai, et cela signifiait qu'il n'avait personne vers qui se tourner. Avant qu'il ne puisse décider de ses prochaines actions, le Commandant Morin entra dans l'infirmerie.

— Je viens d'apprendre pour le Capitaine Burke. Dire que je suis surpris serait un euphémisme. Ses blessures ne semblaient pas si graves.

Caden hocha silencieusement la tête.

— Comment vous sentez-vous ?

— J'ai encore quelques douleurs, mais je vais m'en remettre.

— Bien, bien. Lord D'Lance a demandé à vous voir dans la Cathedra.

— Maintenant, monsieur ? demanda Caden.

— Oui, à moins que vous ne vous sentiez pas en état. Dois-je appeler un des guérisseurs pour vous ?

— Non, ça va. J'ai juste beaucoup de choses en tête, monsieur.

— Regarder la mort en face peut être traumatisant. Cela vous laisse remettre les choses en question. N'ayez pas peur de ces questions, embrassez-les. Cela vous rendra plus fort. Il fit une pause. Nous devrions y aller. Lord D'Lance attend.

Angus escorta Caden en silence jusqu'à la Coterie, où un petit groupe de personnes attendait une audience. Les gardes les laissèrent passer sans question, et ils entrèrent dans la Cathedra. Lord D'Lance était assis sur son trône, écoutant deux hommes vêtus de vêtements extravagants. En les voyant, Lord D'Lance leva la main et les hommes se turent.

— Je m'excuse, messieurs, mais nous devrons nous réunir à nouveau. J'ai des affaires pressantes à régler.

Les hommes s'inclinèrent profondément et partirent, chuchotant entre eux. Angus fit signe à Caden de le suivre et ils s'approchèrent du trône, s'arrêtant au bord du tapis pourpre. Caden n'attendit pas pour suivre l'exemple d'Angus. Il s'agenouilla et baissa la tête.

— Levez-vous, dit Lord D'Lance.

Caden se leva et tourna son regard vers le Seigneur du Dominion. Il restait assis, et les bordures dorées de ses robes scintillaient dans la lumière qui filtrait à travers la myriade de fenêtres qui encerclaient le haut de la Cathedra.

— Comment vous sentez-vous ?

La question était innocente, mais sa voix mit Caden mal à l'aise.

— J'ai été blessé, mais ce n'est rien que je ne puisse surmonter, mon Seigneur.

— Je suis heureux que vous ayez pu nous apporter la nouvelle de l'attaque. Cela n'a pas dû être facile de chevaucher toute la nuit tout en aidant le Capitaine Burke. Vous méritez d'être félicité pour votre courage.

— Merci, mon Seigneur. Je ne faisais que mon devoir.

Lord D'Lance tourna son attention vers Angus.

— Qu'en est-il du capitaine ? Est-ce vrai ?

— Oui, j'en ai peur.

— Je vois. Il semble que nous ayons besoin d'un nouveau capitaine. Des candidats en tête, commandant ?

— Un seul auquel je pense.

Ils tournèrent tous deux leurs regards vers Caden. Il déglutit difficilement pour éclaircir sa gorge qui s'était soudainement serrée.

— Qu'en dites-vous, Caden ? Vous êtes venu ici en quête de gloire et de fortune, et vous avez prouvé que vous étiez un Runesman capable. Que pensez-vous d'une promotion ?

— Je ne suis pas sûr d'être prêt pour ça, répondit Caden. C'était un mensonge, bien sûr. Il était prêt à diriger, mais il ne savait pas quoi faire des informations qu'il avait apprises de Burke. Il ne pouvait faire confiance ni à Lord D'Lance, ni à Angus d'ailleurs.

— Ceux qui sont destinés à diriger ne sont généralement pas prêts, mais ce n'est pas une question d'être prêt, dit Angus. C'est une question de saisir l'opportunité.

— J'ai reçu des rapports indiquant que Lord Culver a une armée à la frontière, dit Lord D'Lance. Il se prépare à entrer dans le Dominion Dracan à tout moment, et j'ai besoin de quelqu'un de capable pour diriger les Runesmen que j'y envoie. Voulez-vous la promotion ?

Caden considéra l'offre. Cela lui permettrait de confirmer si Lord Culver était vraiment responsable de tout, mais cela posait aussi un risque. Si c'était un piège comme l'escorte du dragon l'avait été, alors il pourrait ne pas s'en sortir vivant. Bien que si c'était un piège, il serait préparé cette fois et il pourrait fuir vers le Dominion de Lord Culver et lui dire tout ce que Lord D'Lance avait fait.

— Si vous pensez que je suis le mieux qualifié, alors j'accepte, dit Caden. Quand partons-nous pour la frontière ?

Lord D'Lance se leva de son trône.

— Dans quelques heures, vous devrez donc vous reposer. Avant cela, vous devez prendre ma rune. Il claqua des doigts et l'un des gardes debout à côté du trône s'avança. J'ai besoin d'un scribe.

Le soldat salua et se précipita.

— Avoir deux runes différentes posera-t-il problème ? demanda Caden.

— Ça ne devrait pas. Lord Klodian est trop loin d'ici pour utiliser la magie, donc cela n'interférera pas avec ma rune.

— Si Lord Klodian était à portée, que se passerait-il si vous essayiez tous les deux d'utiliser vos runes en même temps ?

— Cela vous tuerait probablement, répondit Lord D'Lance. Ne vous inquiétez pas de telles choses. Je n'utilise mes Runesmen que si c'est important. Et comme je l'ai dit, Lord Klodian est trop loin. Les chances que nous essayions tous les deux d'emprunter votre force en même temps sont minces.

Minces, mais pas impossibles, pensa Caden. Le soldat revint un moment plus tard, et un homme plus âgé aux cheveux gris le suivait rapidement. Il portait un plateau en bois couvert d'ustensiles et de fioles.

— Mon Seigneur, salua le scribe, s'arrêtant pour s'agenouiller.

— Veuillez lui apposer ma rune, ordonna Lord D'Lance, faisant un geste vers Caden.

Le scribe examina Caden un moment, puis se tourna vers Lord D'Lance.

— Rune de force, n'est-ce pas ?

— Perspicace, comme toujours maître scribe. Vous avez raison.

— Venez par ici et asseyez-vous sur le sol, dit le vieil homme.

Caden obéit à sa demande, quittant le tapis pour s'asseoir sur le sol en pierre. Le scribe lui fit changer de position jusqu'à ce que la lumière des fenêtres soit parfaite, puis il lui demanda d'enlever sa chemise. Il s'exécuta, et le scribe s'éclaircit la gorge.

— Il a déjà une rune, mon Seigneur.

— Oui, je suis au courant. Mettez la mienne en dessous.

— Très bien. Je suppose que vous voulez que je coupe celle-ci ?

— Non. Laissez-la telle quelle.

Caden remarqua que le scribe hésita, mais il acquiesça et commença son travail. La piqûre des outils du scribe n'était pas très douloureuse, mais la position courbée dans laquelle il était assis lui faisait mal au dos. Lorsque le scribe eut enfin terminé, Caden gémit de soulagement en se redressant et en étirant ses muscles.

— Laissez-moi voir ça, dit Lord D'Lance.

Caden se leva et se retourna.

— Parfait. Vous pouvez disposer.

Le scribe plaça tout sur son plateau et partit. Caden remit sa chemise avec précaution.

— Retournez aux baraquements et reposez-vous. Le commandant Morin vous briefera en chemin.

— Oui, mon Seigneur.

Caden quitta la Cathedra et se dirigea vers les baraquements, élaborant lentement un plan dans son esprit. Ce serait l'occasion parfaite de découvrir ce qui se passait réellement.

21

Les couloirs étaient vides lorsque Mina descendit dans la partie inférieure du château. La porte de la pièce où Thaïs avait piégé Lord Burgess était grande ouverte, mais il n'y avait personne à l'intérieur. Mina marchait silencieusement, regardant constamment par-dessus son épaule.

Si tu n'es plus une esclave, pourquoi as-tu peur d'être prise ? demanda Copper.

C'est difficile à expliquer.

Elle atteignit le donjon et s'arrêta devant la porte, écoutant les voix. Elle pouvait entendre des gens parler, mais ils ne semblaient pas proches. Mina poussa la porte et se glissa à l'intérieur. Seules quelques torches éclairaient l'endroit, et l'air était lourd.

Ils avaient laissé la porte de la cellule de Lord Burgess déverrouillée, n'ayant pas les clés, mais il avait été solidement ligoté pour l'empêcher de bouger. Mina s'approcha furtivement de la cellule et scruta l'obscurité. Lord Burgess était toujours là, mais il ne bougeait pas. Elle eut soudain peur que Thaïs l'ait tué, mais en entrant dans la cellule, elle entendit ses faibles gémissements.

Que dois-je faire ? demanda-t-elle.

Touche sa tête et vide ton esprit. Je m'occuperai du reste.

Mina s'agenouilla près de Lord Burgess qui leva les yeux vers elle. Il se débattit contre ses liens et essaya de parler, mais le bâillon dans sa bouche transformait ses mots en grognements étouffés. Mina posa avec hésitation sa main sur son front et ferma les yeux. Elle laissa l'obscurité l'envelopper et vida son esprit.

La présence de Copper la traversa, différente de tout ce qu'elle avait ressenti auparavant. Des fragments d'images défilèrent devant ses yeux. Lord Burgess parlant à une femme aux longs cheveux blonds et aux yeux verts. Une grotte sombre remplie de dragons et une silhouette ténébreuse. L'effroi l'envahit, mais elle n'en connaissait pas la raison. Et puis vint une douleur fulgurante. Mina haleta brusquement et la présence de Copper se retira.

Elle retira sa main du front de Lord Burgess et s'assit, se sentant faible et étourdie. La sensation passa rapidement, et elle tourna ses pensées vers Copper.

Qu'as-tu vu ?

Le complot contre Lord Klodian est vrai, répondit-il. *Est-ce que le nom de Kristofel D'Lance te dit quelque chose ?*

Oui, c'est le seigneur du Domaine Dracan.

Lord et Lady Burgess travaillent pour lui. Il complote pour renverser le Haut Prince en faisant croire que Lord Klodian et un homme nommé Lord Culver sèment la rébellion. Il veut déclencher une guerre.

Alors c'est vrai, dit Mina. *Avant de mourir, Vhan a dit quelque chose à propos de rumeurs de guerre. C'est sûrement de ça dont il parlait. Qu'as-tu vu d'autre ?*

Beaucoup de choses sombres que je ne peux pas encore te révéler. Je dois d'abord en parler à mes frères et y mettre du sens.

Que dois-je faire de lui ? Si je le laisse ici, il va mourir de faim. Mais je ne peux pas le libérer ou il fera son rapport à Lord D'Lance.

Je peux effacer ses souvenirs, dit Copper. *Ce n'est pas quelque chose à faire à la légère, mais ce que j'ai vu me dit que cet homme est dangereux.*

Mina hésita un moment dans sa décision. *Fais-le.*

Elle remit sa main sur le front de Lord Burgess et attendit, mais elle ne sentit rien.

C'est fait.

C'était rapide, répondit Mina. *Quels souvenirs as-tu effacés ?*

Tout ce qui concerne Lord D'Lance. La seule chose dont il se souviendra, c'est qu'il est loyal à Lord Klodian. Cela suffira-t-il, ou dois-je créer de nouveaux souvenirs pour lui ?

Ça devrait aller. Je vais le libérer et laisser les gardes le trouver. Ce n'est plus mon problème après ça. Je dois tout raconter à Thaïs de ce que nous avons appris.

N'oublie pas l'œuf, dit Copper.

Je n'oublierai pas. Je te l'apporterai demain.

Très bien. Je vais te laisser maintenant. Je sens qu'un orage approche.

Mina attendit de ne plus sentir la proximité de la présence de Copper avant de détacher Lord Burgess. Elle retira le bâillon de sa bouche et se pencha près de lui.

— Vous avez disparu pendant toute une journée, dit-elle. Lord Klodian vous a cherché partout. Dites aux gardes qui vous êtes et ils vous aideront.

Elle se leva et passa la tête dehors, jetant un coup d'œil le long de la rangée de cellules. Aucun garde n'était visible, alors elle sprinta vers la porte par laquelle elle était entrée et s'échappa dans le couloir principal. La pièce qui contenait l'œuf était ici, elle devait juste trouver laquelle c'était. Elle essaya les poignées de chaque porte qu'elle passa et trouva qu'elles étaient toutes déverrouillées. Sa chance ne pouvait pas être meilleure.

Quand Mina ouvrit la troisième porte sur la gauche, elle vit toutes sortes de babioles. Elle entra et marcha autour de piles de caisses en bois remplies de toutes sortes de choses. Cela semblait être une salle de stockage. Elle allait presque partir, mais un éclat venant d'une des caisses attira son attention. Mina retira un tapis du dessus de la caisse et fut récompensée.

L'œuf était à l'intérieur.

Mais il y avait un problème. Il était beaucoup plus grand qu'elle ne s'en souvenait. Comment allait-elle le sortir du château sans être vue, et encore moins le monter jusqu'à sa chambre ? Elle contempla l'œuf pendant un long moment en réfléchissant à ses options. Il serait impossible de le faire passer par les portes principales sans que quelqu'un ne la voie... à moins qu'elle ne le sorte maintenant. Il y avait moins de regards indiscrets, mais où pourrait-elle le cacher jusqu'à ce qu'elle puisse le livrer à Copper ?

Cela nécessiterait de réfléchir rapidement. Elle sortit l'œuf de la caisse et fut surprise de constater qu'il n'était pas très lourd. Elle prit une cape dans une autre caisse et s'en servit pour couvrir l'œuf, puis jeta un coup d'œil dans le couloir pour s'assurer qu'il était toujours vide. Tout était clair, et elle se dépêcha de monter les escaliers vers la partie supérieure du château.

Quelques gardes faisaient leur ronde, mais ils ne lui prêtèrent aucune attention. Elle adressa une prière de remerciement à Avera et atteignit la cour. L'air nocturne était frais, mais cela ne fit pas grand-chose pour soulager sa transpiration nerveuse. Mina marcha vers les portes et s'arrêta quand elle vit qu'elles étaient fermées. Aram lui avait dit qu'elles étaient fermées la nuit et elle l'avait complètement oublié. Elle regarda autour de la cour, mais il n'y avait nulle part d'idéal pour cacher l'œuf.

Des pas derrière elle la firent paniquer, mais quand elle entendit la voix de Thaïs, elle soupira de soulagement.

— Que fais-tu ici ?

— Je dois cacher ça, répondit Mina en soulevant la cape.

Les yeux de Thaïs s'écarquillèrent.

— Est-ce que c'est ce que je pense ?

— Que penses-tu que c'est ? demanda Mina.

Thaïs croisa son regard. — Tu as dit œuf, et je n'ai pas fait le lien. Par les dieux, tu es vraiment folle, n'est-ce pas ? Lord Klodian te tuera s'il découvre que tu as pris ça.

— Il était enterré dans une salle de stockage, donc je doute qu'il remarque sa disparition avant un moment. Où puis-je le mettre ? Je m'en débarrasserai demain.

— Je n'en ai aucune idée, dit Thaïs en regardant autour d'elle.

— Peux-tu me faire sortir des murs ?

— Si je me fais prendre en faisant ça, je te tuerai. Suis-moi.

Thaïs la conduisit à une entrée latérale et sortit un trousseau de clés de sa ceinture. Elle les fit défiler jusqu'à trouver la bonne, puis déverrouilla la porte. Mina sortit à l'air libre et déposa l'œuf, puis creusa rapidement un trou dans le sable avec ses mains. Elle garda l'œuf enveloppé dans la cape et le plaça dans le trou, puis le recouvrit de sable. Ce n'était pas parfait, mais ça ferait l'affaire. Elle repassa la porte et Thaïs la verrouilla.

— Nous avons un problème, dit Mina. Le Haut Prince est en danger.

22

Après quelques heures d'un sommeil agité, Caden se leva et se prépara mentalement pour ce qui l'attendait. Il enfila une cotte de mailles et attacha son épée à sa taille, puis se dirigea vers le niveau inférieur de la caserne.

Angus était là, accompagné d'un contingent de Runesmens. Ils étaient tous habillés pour le combat, et Caden regarda le commandant d'un air interrogateur.

— Que se passe-t-il ?

— Lord Culver a attaqué nos colonies à la frontière, alors Lord D'Lance m'a ordonné de t'accompagner avec ton équipe en première ligne. Les autres suivront, mais il faudra du temps pour les mobiliser.

Caden compta environ trente hommes, y compris lui-même et Angus. Ce n'était certainement pas suffisant pour se défendre contre une armée. Sa suspicion grandit, mais il garda le silence. Il devait connaître la vérité avant d'agir.

— Nous devrions nous mettre en route, alors, dit Caden.

— Vous avez entendu le capitaine. En selle !

Les Runesmens quittèrent la caserne pour se rendre à l'écurie où les chevaux étaient déjà sellés et les attendaient. Caden choisit un cheval au hasard et grimpa en selle. Il attendit que tout le monde soit monté, puis il secoua les rênes et guida le cheval à travers la cour. Angus vint chevaucher à ses côtés et ils voyagèrent côte à côte en silence pendant un long moment.

— Lord D'Lance ne veut pas causer de panique, alors nous devons rester décontractés. Une fois que nous aurons dépassé les villes environnantes, nous devrons accélérer le rythme.

— Oui, monsieur, répondit Caden. Je me demandais quelque chose... Il s'interrompit, attendant qu'Angus le presse.

— Quoi donc ?

— Lord Culver utilise-t-il de la magie interdite ?

Angus le regarda subtilement du coin de l'œil. — Qui sait ? Cet homme est fou de soif de pouvoir. Les gens comme ça sont imprévisibles. S'il utilise de la magie noire, ça ne me surprendrait pas.

— Comment quelqu'un pourrait-il créer une boule de feu capable de voler dans les airs à son commandement ? Ça doit être de la magie, non ?

— Ça m'en a tout l'air.

Caden observait les environs d'un œil critique, se demandant quel type d'embuscade pouvait les attendre. La note de Burke lui disait de ne faire confiance à personne, mais qu'en était-il d'Angus ? Il était proche de Lord D'Lance, c'était évident, mais était-il au courant de ce que son seigneur manigançait ? Et s'il l'était, continuait-il à suivre l'homme par loyauté ou par peur ? Caden décida qu'il était trop risqué d'en parler au commandant.

— Nous allons peut-être au-devant de graves ennuis, alors. Je suis certain que Lord Culver a des utilisateurs de magie dans son arsenal. Nous n'avons rien pour nous défendre contre la magie.

— Attendons de voir ce qui nous attend, dit Angus. Il est possible que les rapports aient été exagérés. Du moins, c'est ce que j'espère. La dernière chose dont nous avons besoin, c'est une guerre sur les bras.

Si Angus était au courant des manigances de Lord D'Lance, il jouait bien l'ignorant. Ils continuèrent le long de la route de terre, montant et descendant des collines, et finirent par passer le dernier signe de civilisation pour les prochains kilomètres.

— Il est temps d'accélérer ! cria Angus.

Son cheval s'élança en avant. Caden éperonna sa propre monture, et bientôt ils galopaient sur la route à un rythme effréné. Le paysage défilait trop vite pour qu'il puisse repérer une embuscade, alors il garda les yeux fixés sur la route devant lui. Ils chevauchèrent aussi longtemps que les chevaux purent le supporter, puis s'arrêtèrent pour leur donner à boire. Après quelques minutes de repos, ils reprirent la route.

C'était en fin d'après-midi lorsqu'ils atteignirent la frontière entre les deux Dominions. Caden ralentit son cheval et scruta les environs. Il y avait une ville fortifiée au loin, de l'autre côté de la frontière. Elle était entourée d'un champ ouvert d'herbes hautes qui ondulaient sous une légère brise qui s'était levée.

— Quel est cet endroit ? demanda Caden.

— C'est Yediff. C'est l'une des forteresses de Lord Culver ici à la frontière. Il en a plusieurs.

— Je ne vois pas de signes d'une armée.

— Moi non plus, mais nous ne devrions pas baisser notre garde. Ils pourraient être retranchés dans Yediff, en attendant d'attaquer.

Caden avait un mauvais pressentiment. Quelque chose n'allait pas, tout comme pour la mort de Burke. Il scruta le champ, et bien que l'herbe soit haute, elle n'était pas assez élevée pour cacher une armée.

— Que penses-tu que nous devrions faire ?

Angus se gratta le menton, le regard rivé sur la ville. — Nous devrions explorer la zone. Je ne veux pas que le reste de nos hommes tombe dans un piège sans issue. Le commandant fit faire demi-tour à son cheval pour faire face au reste des Runesmens.

— Divisez-vous et traversez le champ. Cherchez tout ce qui sort de l'ordinaire, mais essayez de ne pas attirer l'attention sur vous. Si vous trouvez quoi que ce soit, alertez le reste d'entre nous.

Les hommes se divisèrent en paires et traversèrent la frontière à un rythme tranquille. Caden regarda Angus.

— Je suppose que tu es avec moi, dit-il en souriant.

— Je suppose que oui, répondit Caden en secouant les rênes.

L'herbe était d'un jaune doré, et Caden réalisa que ce n'était pas de l'herbe, mais du blé. Il s'étendait à perte de vue, et à part Yediff, il n'y avait rien d'autre aux alentours.

— Ils ont beaucoup de cultures, murmura-t-il.

— Le Dominion de Toren possède beaucoup de terres agricoles idéales, dit Angus. C'est l'une des raisons pour lesquelles Lord Culver a acquis sa richesse. Il exporte l'excédent de nourriture à ses voisins.

— Tout le monde doit manger.

— En effet.

Caden continua de chercher des signes d'une armée ou même de la présence d'une qui aurait pu passer par là, mais rien n'attira son attention. Il se demanda pendant un bref instant s'il était paranoïaque à propos de Lord D'Lance, mais il se rappela rapidement toutes les preuves contraires à cette pensée.

En s'approchant de Yediff, il scruta le mur à la recherche de gardes. Il n'en voyait aucun, ce qu'il trouva curieux.

— Si Lord Culver empiète sur le Dominion de Dracan, je supposerais que cet endroit serait envahi par ses troupes.

— Peut-être que c'était une diversion, répondit Angus. Peut-être que la vraie attaque vient d'ailleurs.

Quelque chose de lourd frappa Caden à l'arrière de la tête et il tomba de sa selle, s'écrasant durement face contre terre. Il roula sur le dos, et le monde tournait autour de lui. Son mal de tête revint avec une vengeance. Angus glissa de sa selle et vint se tenir au-dessus de lui.

— Que s'est-il passé ? demanda Caden, confus.

— Tu n'aurais pas dû fouiner, espèce d'idiot. Burke aurait dû tenir sa langue. Ça aurait au moins sauvé *ta* vie.

— La mort de Burke n'était pas un accident, n'est-ce pas ? La vision de Caden redevint normale, et il tendit la main vers la poignée de son épée. Angus écarta sa main d'un coup de pied et appuya son pied sur la poitrine de Caden, puis dégaina sa propre épée.

— Ne t'embête pas à te battre, avertit Angus. Tu es un homme mort de toute façon.

23

— Je croyais que c'était Lord Klodian qui était en danger ? demanda Thais.

— Il l'est aussi, mais Lord Burgess faisait partie d'un complot plus vaste.

— Faisait ? Le visage de Thais pâlit. Est-il mort ?

— Non, répondit Mina en secouant la tête. Elle ne savait pas comment expliquer les choses sans révéler tout ce qui s'était passé avec Copper. Elle aurait aimé que Caden soit là, mais c'était impossible maintenant. Elle devrait faire confiance à Thais, même si cela allait à l'encontre de ses instincts.

— Je veux que tu jures de ne pas répéter ce que je vais te dire.

— Ne pas le répéter à qui ?

— À personne. Ça reste entre nous.

Thais la regarda avec méfiance. — Tu as tué quelqu'un ?

— Ne sois pas absurde. Promets-le-moi avant que je ne change d'avis. Je t'offre de te faire confiance pour quelque chose.

— Tu n'as pas besoin d'être dramatique. Je ne dirai rien.

Mina prit une profonde inspiration. — Les dragons peuvent parler.

L'œil gauche de Thais eut un tic, mais elle ne dit rien.

— Je sais que ça a l'air fou, mais...

— Je te crois.

— ...écoute juste... quoi ?

— J'ai dit que je te croyais.

Elles se regardèrent en silence pendant un moment.

— C'est vrai ? demanda Mina.

Thais hocha la tête.

— Pourquoi ?

— J'ai mes raisons. Quel rapport avec le Haut Prince ?

Mina raconta tout à Thais, depuis sa conversation avec Copper sur le mesa avant l'apparition du ver des sables jusqu'à leur interrogatoire dans le donjon. Thais écouta attentivement et ne sembla surprise par aucun de ces détails. Mina relata la plupart des éléments mais omit la partie concernant son lien avec un dragon et le peu d'histoire que Copper lui avait raconté.

— Devrions-nous en parler à Lord Klodian ?

— Non, répondit Thais presque immédiatement. Du moins, pas encore. Nous devons éliminer Lady Burgess avant qu'elle ne fasse son rapport à Lord D'Lance, si ce n'est pas déjà fait.

— Tu ne veux pas dire la tuer ?

— Non, pas si on peut l'éviter. Est-ce que ton ami dragon peut aussi effacer sa mémoire ?

— Je peux lui demander, dit Mina.

— Une fois qu'on se sera occupé d'elle, on pourra apporter tout ça au Capitaine Eduard.

— Peut-on lui faire confiance ? Nous l'avons vu parler en secret avec Lord Burgess.

— Je ne pense pas que le capitaine soit un traître. Il a accès à Lord Klodian à toute heure du jour. S'il voulait faire quelque chose, il l'aurait déjà fait.

Mina concéda silencieusement ce point. Elle ne connaissait pas très bien Eduard, mais elle avait décidé de faire confiance à Thais, ce qui signifiait qu'elle devait avoir confiance en son jugement.

— Et s'il ne nous croit pas ? Si les souvenirs de Lady Burgess sont effacés, alors ni l'un ni l'autre ne pourra attester du plan de Lord D'Lance.

— Dans ce cas, en tant que conseillère de Lord Klodian, tu pourras le lui dire directement.

Mina ne savait pas s'il croirait son histoire rocambolesque, mais tant qu'elle la lui raconterait, sa conscience serait tranquille. Elle acquiesça.

— Que comptes-tu faire de cet œuf ? demanda Thais.

— Je le ramène là où il appartient.

— Aux dragons. Ça se tient, mais est-ce prudent ? Et si tu le remettais et que le dragon te mangeait ?

— Il ne le fera pas, répondit Mina.

Thais haussa les épaules. — Si tu le dis. Et cette chose, le ver ? Est-il toujours dehors ?

— Je ne sais pas. Je n'ai pas demandé à Copper s'il l'avait tué.

— Copper, hein ? Alors ils ont des noms ?

— Oui. Ils ne sont pas du tout des animaux sans cervelle. Tout ce que nous avons toujours pensé à leur sujet pourrait être faux.

— Qu'est-ce qui a changé ton opinion sur eux ?

La question fit réfléchir Mina. Elle n'avait honnêtement pas de réponse claire. Elle supposait que c'était un ensemble de petites choses.

— Je suppose que c'est Copper qui a changé mon opinion sur eux, dit-elle. C'est difficile à expliquer.

Thais resta silencieuse, mais Mina pensa que la femme avait l'air de vouloir dire quelque chose. Elle attendit, mais Thais ne parla pas.

— Dis-le.

— Dire quoi ?

— Ce que tu as en tête, dit Mina.

— Je suppose que je me sens coupable.

— À propos de quoi ?

Thais soupira. — Tu es forcée de me faire confiance parce que tu as besoin de mon aide. Je ne devrais pas me sentir obligée, mais c'est le cas. Pour être franche, je n'aime pas cette sensation. Je n'ai jamais compté sur personne auparavant, et je ne compte pas le faire à l'avenir.

Mina fronça les sourcils, perplexe. — Je ne comprends pas ce que tu essaies de dire.

— Je vais te demander la même promesse. Ce que je vais dire pourrait me faire tuer par de nombreuses personnes différentes.

— Tu peux me faire confiance.

Bien qu'elles ne soient que toutes les deux, Thais baissa la voix.

— Je te crois au sujet des dragons parce que je l'ai vu moi-même.

— Tu m'as vue parler avec Copper ?

— Non. J'ai vu ce que Lord D'Lance fait. J'ai essayé d'en parler à Caden quand il était là, mais il a dit que j'étais folle.

Mina était plus confuse qu'avant. Elle ouvrit la bouche pour dire quelque chose, puis serra les lèvres.

— Il ne t'en a pas parlé ? demanda Thais.

— S'il l'a fait, j'ai dû le manquer.

— L'attaque sur Slia a été menée par des dragons, mais ce n'était pas un accident. Lord D'Lance était derrière tout ça. C'est un homme malfaisant, et ce qu'il fait est mauvais. Il a trouvé un moyen d'unir les humains et les dragons, mais ce n'est pas naturel.

— Que veux-tu dire par "unir" ?

— Il utilise de la magie noire pour forcer les dragons à créer une sorte de lien avec les humains. Ils peuvent partager leurs pensées et communiquer par télépathie. Slia était un test. Il voulait voir comment sa création fonctionnerait comme arme.

Mina se souvint de ce que Copper avait dit sur la façon dont les humains et les dragons avaient autrefois été alliés, et sur le lien qu'ils partageaient. Lord D'Lance avait-il appris cela d'une manière ou d'une autre et essayé de le recréer de force ? Elle devrait en parler à Copper.

— Donc Lord D'Lance a attaqué Slia avec des dragons ? Comment peut-il les contrôler ?

— Ses soldats les contrôlent grâce à leur lien. Ils sont magiquement obligés de suivre les ordres de leur cavalier.

— Les soldats chevauchent les dragons ? demanda Mina.

— Oui, et Lord D'Lance est en train de constituer une armée avec eux. Il va les utiliser pour prendre le trône au Haut Prince.

Les choses commençaient à prendre sens pour Mina. La mission de Lord Burgess visant à renverser Klodian faisait partie d'un plan plus vaste, et l'objectif ultime de Lord D'Lance était de prendre le pouvoir en tant que Haut Prince. Il avait besoin de quelque chose pour détourner l'attention de lui-même, et faire croire que Klodian et Lord Culver fomentaient une rébellion était la diversion parfaite. Il y avait cependant une chose qu'elle ne comprenait pas.

— Comment savez-vous tout cela ?

— Lord D'Lance m'a envoyée ici... comme espionne.

24

Caden leva les yeux vers Angus, en colère contre lui-même de ne pas avoir été plus vigilant.

— Tu pourrais me laisser partir. Je ne reviendrai pas chez les Dracan. J'emporterai ce que je sais dans ma tombe.

Il doutait que le commandant croie ses paroles. Caden jeta un coup d'œil à son cheval. S'il pouvait se relever assez rapidement, il était sûr qu'il pourrait atteindre sa monture et rejoindre la ville avant qu'Angus ne puisse le rattraper.

— Lord D'Lance ne veut laisser aucun fil en suspens. Tant que tu vis, tu représentes une menace. Mais ce n'est pas moi que tu dois supplier. Ce n'est pas ma lame qui causera ta fin.

Angus retira son pied et enfonça son épée, transperçant la cotte de mailles de Caden et se plantant dans le sol, le clouant sur place. Leurs regards se croisèrent, et Caden pria pour que l'homme l'aide, mais Angus se détourna et monta à cheval. Il saisit les rênes du cheval de Caden et repartit de l'autre côté de la frontière.

Caden lutta pour libérer l'épée, mais l'angle était maladroit et il ne parvenait pas à obtenir l'effet de levier nécessaire.

— À l'aide ! cria-t-il.

Les autres Runesmen savaient-ils ce qui se passait ? Viendraient-ils à son secours, ou l'avaient-ils laissé là pour mourir ? Il continua à se débattre et finalement, l'épée se desserra suffisamment pour qu'il puisse se relever. Caden courut vers la ville, agitant les bras. Plus il s'approchait des murs de la cité, plus ses yeux lui jouaient des tours.

La pierre ondulait comme de l'eau, et lorsqu'il atteignit la porte, il la traversa. La ville était une illusion. Elle s'estompa devant ses yeux, ne laissant derrière elle qu'un nuage noir. Caden pivota, regardant dans toutes les directions. Il n'y avait rien d'autre que l'étendue des champs de blé. Un sifflement emplit l'air, et il se tourna pour regarder le nuage. Il tourbillonnait et commença à s'étendre en cercle, laissant un trou au milieu.

Caden observait le nuage avec incertitude, sachant qu'il était le produit de la magie mais effrayé de ce qu'il pourrait faire. Le nuage continua de s'étirer jusqu'à encercler une grande partie du champ, puis il toucha le sol et le blé s'enflamma. Le feu se propagea rapidement, et Caden réalisa trop tard ce qui se passait.

Il regarda vers la frontière et vit Angus, ainsi qu'une silhouette en robe qui dirigeait le nuage de ses mains. Caden ne pouvait pas voir le visage de l'homme, mais il savait que c'était Lord D'Lance. Il avait dû découvrir que Burke avait percé son secret, et une fois qu'il avait su que Caden était également impliqué, il était logique que le Seigneur du Dominion veuille sa mort aussi.

Des cendres et de la fumée grise s'élevaient dans le ciel, masquant le paysage et obscurcissant sa vue. Caden savait qu'il devait prévenir Lord Culver et le Haut Prince, mais s'il brûlait vif ici, les Dominions finiraient par être engloutis dans la guerre. Il longea le périmètre au petit trot, cherchant un endroit où il pourrait traverser les flammes sans dommage. Malheureusement, le feu brûlait intensément et la chaleur le repoussait.

Alors que les flammes consumaient tout sur leur passage, l'espoir de Caden commença à s'envoler. Il n'y avait aucun moyen de s'échapper. Il allait mourir, brûlé vif. Tous ses rêves et ambitions défilèrent dans son esprit, et il maudit Lord D'Lance comme un imbécile et un lâche. Il continua à bouger malgré la certitude que c'était la fin. Le vent souffla la fumée dans son visage, et il toussa, couvrant sa bouche avec le creux de son bras.

Quelque chose siffla dans l'air, frappant le sol à côté de lui. À travers ses yeux embués, il vit que c'était une flèche. Une autre frappa le sol à quelques pas de la première, puis une autre. La fumée était trop épaisse pour qu'il puisse voir quoi que ce soit, et il hoqueta de surprise lorsqu'une flèche le frappa en pleine poitrine. Elle perça sa cotte de mailles et transperça sa chair, heurtant l'os.

Caden s'effondra à genoux, agrippant la flèche. Il voulait l'arracher, mais il savait que cela n'avait plus d'importance. Plus rien n'avait d'importance désormais. Il vit d'autres flèches fendre la fumée, mais elles le manquèrent. Respirer devenait difficile, bien qu'il ne sache pas si c'était à cause de la fumée ou de sa blessure.

Il lutta pour rester debout, mais sa vision tournoyait. Caden se sentit tomber, puis il se retrouva sur le dos, fixant le ciel gris. L'obscurité commença à envahir les bords de sa vision, et il réalisa lentement que ce n'était pas dû au manque de lumière du soleil. C'était la fin. Sa vie lui échappait. Il imagina Mina dans son esprit et pria pour qu'elle ne lui en veuille pas pour le baiser qu'ils avaient partagé.

Les ténèbres l'appelaient, et il les suivit. Alors que le voile de la mort se refermait sur lui, il crut entendre une voix de femme prononcer son nom.

Caden... viens à moi...

25

Le lendemain matin, Mina était allongée éveillée dans son lit, réfléchissant à tout ce que Thais lui avait raconté la veille. La femme avait été forcée de travailler pour Lord D'Lance car il retenait ses parents en otage. Mina envisagea de tout dire à Lord Klodian, mais elle savait que cela le conduirait à poser des questions auxquelles elle ne pourrait pas répondre sans mettre Copper en danger.

Elle se força à sortir du lit, bâillant et s'étirant. Elle était fatiguée, mais elle voulait apporter l'œuf à Copper le plus tôt possible. Le seul problème auquel elle faisait face était de savoir comment le transporter. En raison de sa taille, il serait difficile de le transporter à cheval, et elle ne voulait pas y aller à pied. Mina y réfléchit tout en s'habillant, puis se dirigea vers la salle à manger et prit un repas rapide.

Pendant qu'elle mangeait, elle vit l'une des servantes portant un bébé. Il était emmailloté dans un tissu enroulé autour du corps de la femme, lui permettant d'utiliser ses mains. Cela lui donna une idée, et elle alla voir la couturière de Klodian pour obtenir une longue bande de tissu. La couturière refusa son argent, lui disant que les conseillers de Lord Klodian n'avaient pas à payer.

Elle trouvait encore étrange d'être dans une position privilégiée. Elle enroula le tissu et se rendit à l'écurie. Aram travaillait à nouveau, et il lui lança un regard qui lui fit comprendre qu'il n'était pas ravi de la voir.

— Si tu es là pour un cheval, tu devras prendre Vesper. Tempest est déjà parti.

Mina fut déçue d'entendre cela, mais elle acquiesça.

— Très bien.

Vesper était de taille similaire à Tempest, mais il était de couleur alezan et semblait avoir un tempérament difficile. Aram peina à seller le cheval, et une fois qu'il eut terminé, il tendit les rênes à Mina.

— Bonne chance avec celui-là, marmonna-t-il.

Mina conduisit le cheval hors de la porte à pied et se rendit là où elle avait enterré l'œuf. Elle fut soulagée de voir qu'il était toujours là.

Déroulant le tissu qu'elle avait obtenu, elle plaça l'œuf au centre et l'enveloppa, puis enroula le tissu autour de son torse, le serrant fermement. Il semblait bien en place, mais elle sauta plusieurs fois pour s'en assurer. Satisfaite qu'il ne se détacherait pas, elle monta en selle et guida Vesper dans le désert.

En s'approchant de la mesa, elle chercha le corps du ver des sables, mais il n'y en avait aucune trace. Mina se demanda si les dragons l'avaient mangé, mais supposa que ce n'était peut-être pas le cas car il ne restait aucun os. Elle sentait que Copper n'était pas sur la mesa. Sa présence pulsait toujours depuis l'écaille, mais il semblait loin.

Elle devina qu'il était avec ses frères, alors elle laissa le cheval au pied de la mesa et grimpa jusqu'au sommet. C'était plus difficile que sa première ascension, principalement à cause du poids supplémentaire de l'œuf. Une fois en sécurité au sommet de la mesa, elle dénoua le tissu et retira l'œuf, le posant sur le sol. Sa surface était écailleuse comme celle d'un dragon, mais les écailles étaient plus petites et se chevauchaient davantage.

La couleur s'était ternie depuis la dernière fois qu'elle l'avait vu. Il avait été cuivré comme l'écaille dans sa jambe, mais maintenant il était d'un bleu-vert clair. Mina regarda par-dessus le bord de la mesa et admira la vue. Le désert était un endroit hostile, mais il était aussi beau. Certaines personnes trouvaient du réconfort dans les rues animées de la ville, mais pas Mina. Elle appréciait la paix qu'apportait la nature.

Après une heure de marche autour de la mesa, elle entendit un battement d'ailes et leva les yeux vers le ciel. Copper approchait rapidement. Elle se hâta de retourner vers l'œuf et attendit qu'il atterrisse. Il plongea et toucha le sol de l'autre côté de la mesa, puis replia ses ailes derrière lui et marcha vers l'endroit où elle attendait.

Tu as réussi cette fois, dit-il.

En effet.

Mina souleva l'œuf et le porta au dragon, le déposant à ses pieds. Copper se pencha et l'inspecta, et Mina sentit une odeur d'orchidées. Elle inclina la tête avec curiosité.

Qu'y a-t-il ?

Cet œuf n'éclora jamais.

Le cœur de Mina se serra. *Il est mort ?*

Pas complètement, mais il n'y a pas assez de vie en lui pour survivre. Même maintenant, je peux sentir qu'il s'éteint lentement.

Je suis désolée.

C'est parfois ainsi que va la vie, dit Copper. *Quoi qu'il en soit, je suis heureux qu'il nous ait été rendu. J'ai parlé à mes frères de ce que j'ai vu dans l'esprit de Lord Burgess la nuit dernière, et nous sommes d'accord pour dire que ce que ce Lord D'Lance a fait est une perversion et doit être arrêté.*

Thais m'a dit qu'il force des humains et des dragons à créer des liens en utilisant la magie.

Comment le sait-elle ?

C'est une longue histoire, mais elle l'a vu de ses propres yeux. Elle a dit que Lord D'Lance construit une armée pour l'utiliser contre le Haut Prince. Il veut le trône pour lui-même.

Copper grogna. *Ce que nous cherchions à empêcher se déroule à nouveau devant nous. Peut-être nous sommes-nous trompés dans notre réflexion. Peut-être que les humains ne s'arrêteront jamais.*

Nous ne sommes pas tous mauvais, dit Mina.

Copper la regarda en silence. *Non, pas tous,* dit-il. *Pourtant, ceux qui le sont semblent toujours détenir le pouvoir. Et ils en veulent toujours plus. Les humains ne savent pas se contenter de ce qu'ils ont. Je crains que le moment ne soit venu pour les dragons de faire la guerre contre les ténèbres.*

La guerre ? Penses-tu vraiment que cela en arrivera là ?

Oui.

Une guerre entre humains et dragons serait désastreuse. Il doit y avoir une autre solution.

J'ai bien peur que non. Les anciens ont déjà pris leur décision. Ils font des préparatifs même en ce moment.

Des innocents seront pris entre deux feux, protesta Mina. *S'il te plaît, tu dois leur demander de reconsidérer leur décision. Si nous pouvons trouver un moyen d'arrêter Lord D'Lance et de libérer les dragons de la magie, cela devrait suffire, n'est-ce pas ?*

— Tu me demandes d'aller à contre-courant, dit-il. Les anciens sont las de voir les dragons tués, et ce que Lord D'Lance a fait les a poussés à bout.

— Alors laisse-moi leur parler.

Mina ne savait pas pourquoi elle avait prononcé ces mots. Ils avaient simplement glissé hors de sa bouche. Elle leva les yeux vers Copper, priant silencieusement pour qu'il refuse.

— Il y a beaucoup de choses que tu devras apprendre sur le fait d'être liée à un dragon. En tant qu'humaine liée, tu as droit à certains privilèges, comme une audience devant les anciens. Je t'emmènerai à eux, mais je ne peux pas garantir qu'ils prêteront attention à tes paroles.

Bien qu'elle eût peur, Mina savait qu'elle était probablement la seule personne qui pourrait être liée à un dragon. Du moins, pas de force. Si elle pouvait éviter une guerre entre leurs deux races, elle devait certainement essayer.

— Je souhaite leur parler, même s'ils n'écoutent pas.

— Très bien. C'est un long voyage d'ici, et nous irons profondément dans le désert où ce n'est pas sûr pour toi, mais je ferai de mon mieux pour te protéger. Nous devons partir maintenant, sinon nous risquons d'arriver trop tard.

— Maintenant ? Les yeux de Mina s'écarquillèrent. Mais je ne suis pas encore prête à partir.

— Dans cette affaire, le temps ne joue pas en notre faveur. Si nous ne partons pas maintenant, alors la guerre viendra.

Mina regarda par-dessus son épaule en direction du château. Elle ne pouvait pas le voir d'ici, mais elle savait qu'il était là-bas au loin. Pourquoi avait-elle soudainement été propulsée au milieu de tout cela ? C'était en partie parce qu'elle ne savait pas tenir sa langue, certes, mais elle n'était personne. Qui écouterait ce qu'elle avait à dire ?

— Tu as plus de valeur que tu ne le crois, dit Copper.

— C'est difficile à croire quand on a passé toute sa vie à se l'entendre dire autrement.

— Peut-être, mais l'opinion des autres ne devrait pas influencer la façon dont tu te perçois.

Elle savait qu'il avait raison, mais cela ne changeait rien à son combat intérieur. De toute façon, sa perception de sa propre valeur n'était pas importante pour le moment. Il y avait des enjeux beaucoup plus importants, des choses qu'elle avait potentiellement la chance d'influencer.

— Si nous devons partir maintenant, alors qu'il en soit ainsi.

Copper émit un bourdonnement de satisfaction et s'abaissa près du sol.

— Grimpe sur mon dos, dit-il.

— Vraiment ?

— À moins que tu ne veuilles aller dans mes griffes, mais ce ne sera pas confortable. Chevaucher mon dos est l'un des avantages dont j'ai parlé.

Mina fit quelques pas hésitants, puis arma son esprit contre ses peurs. Elle grimpa sur l'épaule de Copper et s'assit sur son dos, ayant du mal à croire que tout cela était réel. Copper saisit l'œuf dans sa gueule et déploya ses ailes.

— Accroche-toi, la prévint-il.

Elle enfonça ses doigts sous les écailles du cou de Copper et ferma les yeux. Son estomac se retourna alors qu'elle se sentait tomber, puis la sensation disparut. Elle entrouvrit les yeux et vit qu'ils volaient au-dessus des mesas. C'était à la fois exaltant et terrifiant. Copper tourna vers le sud, et le désert s'étendait à perte de vue.

— J'ai peur, dit Mina.

— Je sais, répondit Copper.

Ils continuèrent au-dessus du paysage, vers les anciens, la possibilité de guerre, et bien d'autres choses encore à venir.

Mais surtout, Mina savait qu'ils se dirigeaient vers l'inconnu.

Le voyage continue dans...
L'Appel du Dragon

À PROPOS DE L'AUTEUR

Bonjour!

Je suis un auteur fantastique qui adore écrire sur les dragons. J'ai publié plus de 40 livres et j'ai l'intention d'en écrire bien d'autres.

J'espère que vous avez apprécié ce livre et merci de l'avoir lu.

Vous pouvez me suivre sur les réseaux sociaux pour me contacter directement sur https://www.facebook.com/dragonfirepress.